后海灣的波瀾

流浮山人 著

本創文學 96

后海灣的波瀾

作　　者：流浮山人
責任編輯：黎漢傑
編輯助理：黃晚鳳
封面設計：Kaceyellow
內文排版：陳先英
法律顧問：陳煦堂 律師

出　　版：初文出版社有限公司
電郵：manuscriptpublish@gmail.com

印　　刷：陽光印刷製本廠

發　　行：香港聯合書刊物流有限公司
香港新界荃灣德士古道220-248號
荃灣工業中心16樓
電話：(852) 2150-2100　傳真：(852) 2407-3062

海外總經銷：貿騰發賣股份有限公司
電話：886-2-82275988　傳真：886-2-82275989
網址：www.namode.com

版　　次：2024年4月初版
國際書號：978-988-70340-6-3
定　　價：港幣98元 新臺幣360元

Published and printed in Hong Kong
香港印刷及出版

香港藝術發展局
Hong Kong Arts Development Council 資助
香港藝術發展局全力支持藝術表達自由，
本計劃內容並不反映本局意見。

目錄

序曲

海面上輕泛著層層疊疊的波瀾，奏唱著纏綿的樂章，舞動著閃爍的豔光。不計日夜，迎來送往，它們永不止息地見證著這個海灣自古以來的潮汐高低起伏，千迴萬轉，旋繞蕩漾，衝擊奔騰，白日下展現著燦爛若金，夕陽下反映著殘紅如血，月色下鋪滿了銀波燐影。黑暗裏，這些浪濤微波，一個接一個，一層趕一層，向岸上推進，打到石頭、泥灘、木碼頭、蠔殼山，化成泡沫，消失於無形，靜悄悄地又退回海水裏；不知何時，以何種形貌，形成新的波瀾，循環再生，不捨晝夜。雖然是生生不息，但消失了的浪濤，逝者如斯，只有萬不及一的水點印象，依稀映現，縈繞思海之中，時而平靜如鏡，時而洶湧崩奔，撫弄著那寧謐的心田，驅動著那怒海中的孤舟。

神聖的天后娘娘一直眷顧著我們，護佑我們平安。海神按時掀開那張巨大的水幕，把蠔田展露出來，讓我們落灘工作。當風神恚怒，從西北把海水鼓動起，正面打向我們，威力強大，到處蹂躪；然後轉吹大西南風，把一切推向深圳河口去。這一吞一吐，又把這一切送出伶仃洋去。海水隨潮汐來訪和退去，每日兩回，有情有信，永恆不變。高低起伏，它迎來了夏雲暑雨，冬日祁寒；也洗淨了人間污穢，送走並安撫了溺水者的孤魂，見證了這一片海灣的變遷。

夜裏，潮水來時，帶著無數閃亮著的眼睛。它們靜悄悄地，只有喁喁細語，瞬間已淹浸了淺岸，彷彿在說：「我們又來了。」那些閃光原來是水中的浮游生物，夜裏隨水紋的簸動而閃爍晶瑩。如果把石頭往水中扔去，落水處更會濺起火花。父親說那是肥水，蠔會有充足的食物，因此那黑暗中的晶亮於我們是希望的閃光，它們的到來、湧起，預告著一年的豐收。

那海波漲退，風雨氣象，送來和捲走了多少事物？它們為人們帶來了希望和驚險，也帶走過寶貴的生命，在我們回憶的思海中泛起過連綿不絕的波瀾，不論是溫柔的微波還是凶猛的巨浪，在心坎中刻蝕了永不磨滅的印記。所有這些，都會隨著倏忽生命的消亡而銷聲匿跡。不論是候鳥歸還，驚濤拍岸，偷渡越境，浮屍覓主，都總要找到歸宿。

這些凌亂的思緒，多少年來一直在腦海飄浮。有時怒濤霜雪，有時落花流水，忽而又水平如鏡，一碧萬頃。何時靠岸？何時銷亡？只恐怕有日這些碎沫漣漪，旋渦激流，會隨著我的離去而回復波瀾不驚。潛藏深處的那些事物，不再為人所知所聞。當後浪興起，推著前浪，隨著前浪的毀碎散亂，那些記憶便散作浪花，消亡淨盡。趁著那頹而未廢的長波餘韻，我撒下這張思憶的魚網，看看還能撈到些甚麼剩餘的寶物。雖知網眼疏漏，魚蝦任意逃逸，只能萬不寫一；但如果再不捕撈，恐怕甚麼都沒有了，恐怕也無力撒網了。

后海灣三面環山，懷抱著我們一大段的生活經歷。半個多世紀過去了，有些山已無稜，依舊是水深激激。橫亙灣口的西部通道，打亂了水流。彼岸前海的高樓燈火，繁華早已超越了此岸的野徑雲黑。這小村落依然故我，而我對於它的情懷眷念遠遠超越了繁華世變。

后海灣的名字，一直寫作「后」，不作「後」。也許是自古以來刪繁就簡的原則所致。起初以為「后」字與天后有關，因為天后廟的「總廟」在赤灣，位於后海灣彼岸蛇口附近。後來詢之父親，方得知：后海相對前海而言，以寶安縣南頭為準，其前曰前海，後曰後海。今日深圳特區的后海蓬勃發展，高樓林立，雄視海灣。大陸用簡化漢字，當然寫作「后海」；而這個海灣，也一直隨俗而維持后海灣之名。

流浮山的名稱卻未見歷史文獻的解說。正因如此，給予我杜撰的空間。此地以山為名，卻不是真正意義的山，大概是早期人們每日在海灣漂浮，到岸上來，回望一片汪洋而忽然覺得身處高地，遂名之曰「山」。至於流浮就更能捕捉神理：一方面是此「山」在海灣波瀾灩漾映照下，仿若流動，亦似浮游，不禁令人想到蓬萊「日月照耀金銀臺」的景致。另一方面是鄉人從大陸逃到此地，跨越了后海灣，卻又每天面對后海灣的波瀾起伏，不禁聯想到自己過去的「流」和「浮」的生活狀況，眼前的波瀾每日每天的流浮，提醒著我們海灣的波瀾起伏，見證著鄉村的這座「山」的海水和時間流動，人浮於事，浮生於世，這種種歷史變遷和情懷。

這樣的杜撰解說，定為長輩所不允。但作為后海灣孕育成長的兒子，以此奉上對此地的最崇高敬意，是本書寫作的動機，亦為拯救小村的歷史瀕臨銷跡而作最大的努力。保存歷史，保存這份最真摯的情誼。那些波瀾的點滴，流入了這文字世界。

二〇二三年夏初稿；

同年冬日修訂。

蠔場

蠔場如戰場

「先生，買蠔呀，好靚生蠔……」蠔販們百鳥爭鳴般使勁地喊著。

這樣壯觀的叫賣場景，多少年來依舊清晰可聞可見。每當有貌似買蠔的外來人駕臨，各個攤檔都用盡氣力叫喊，有時一呼百應，有時不約而同，就看誰先見到客人，看誰賣力，也看誰最有吸引力。那是一場又一場的較量：有的憑著攤檔位置佔優，有的憑誠實贏得熟客，有的就憑青春美貌，各展所長。日日如是，為求賣得幾桶蠔，靠這丁點兒收入養家餬口。

那是流浮山著名的景點——蠔場。我們兄弟姊妹都在這個環境中長大。它是當時全港獨一無二的賣蠔市場，因為后海灣是香港唯一養殖蠔的地方；再者，當時交通不便，條件有限，很少有運載到其他地區分銷出售。因此，那些遊客——我們都這樣稱呼那些來觀光、吃海鮮的人，如要吃新鮮肥美的生蠔就一定要親臨蠔場買蠔。

蠔場由正大街海旁向岸上伸延，攤檔林立。除了正大街起點即海濱的冼良記、蕭澤記和陳九記之外，丁字路口是海傍街，約五十米長的這一段，便是蠔場的主要部分：先是蕭成記、曾光記，我們陳成記在第三檔。再往後還有幾檔，其中最厲害的是斜對面竹記海鮮旁邊的陳權記，因為有長期坐鎮的毛叔的女兒鳳美。她與二哥同齡，我們兄弟沒有一個敵得過她。除了因為男孩子腼腆害臊，不好意思高聲叫賣，更主要是鳳美俏麗可人，加上洪亮卻又高頻的嗓子和那尖牙利嘴，這些都是她致勝的主要原因。每次遊客到來，那一陣囂鬧，大都以遊客駐足於陳權記前而全場頓然變得鴉雀無聲：又是鳳美勝出了。後來有一次聽說鳳美半夜中了邪，幾個月後再出來時已是手腳行動不便，我們都很心痛，對這個「敵人」不禁生起憐憫。但她還是繼續在蠔場賣蠔，可是吸引力就較之前減半：熟客們有痛惜她的，更多的是嫌棄她的，生客就更望而生厭，因她的嬌俏玲瓏不再而門庭冷清。這一下我們感受到人情的冷暖。再過了幾年，從大陸出來的阿慧比她更厲害，更招遊客喜歡，成為了新一代的台柱。

蠔檔的苦樂

蠔場賣蠔的主力除了美少女，就是大人們。我們在那兒只是幫手，每日不敢叫賣，每日被母親責怪。家家的孩子們在政府的六年免費教育政策下，都要上學。上上午班的，下午來幫賣蠔、開蠔；下午班的就上午來。鳳美也是這樣；而阿慧來港時卻沒有上學，全職賣蠔。除了賣蠔，我和二哥還要輪流按時拿著母親買好的食材，回家做晚飯。那時大姊和大哥都出了九龍工作、上學或當學徒，我和二哥便成了主力。

我們在蠔場留下了童年最多的腳印。自有記憶起我們便在此，大概始於我在那條上面繡著「長命富貴」的背帶束縛在母親後背時，那背上緊貼著暖暖的小身軀，屎一泡尿一泡，母親也沒空照料，只管開蠔，遊客們捏著鼻子耐心等著。狹小的檔口上面，是用木板搭的「閣樓」，我們可以在遊客較少時爬上去做功課，但更多的是聊天、玩耍和睡懶覺。檔口後半部分，父親用磚和水泥修建了一個高度及腰的水缸作為貨倉，用來暫養剛運來的或賣不完的蠔。後來廢棄不用，大哥買來了十幾條金魚，注入淡水，放了些水草，蠔池變了魚池，我們十分喜愛。可是不久，他又買來了兩條彩雀，把金魚全咬死了，我們傷心得大哭大鬧。

蠔場最忙碌的時候是週末，遊客最多。每當鳳美的檔口被遊客重重圍住，當中有等得不耐煩的，也有一些由母親努力招徠的，這時都圍到我們檔口前，我們以最快的速度開蠔，但有些遊客還是等不了，不買了。我們又挨母親一頓罵。有一次為了留住顧客，努力追趕，我的手一滑，被鋒利的蠔殼沿中指指甲垂直切割了一刀，開了深深的一道傷口，即時血如泉湧，臉色青白。遊客見狀，立即叫母親停手，照料受傷的孩子，但母親為了得來不易的這一筆生意，不肯放棄，卻又怕我流血不止，正兩難間，遊客掏出兩支香煙，拆開紙卷，把煙葉鋪在我的傷口上，叫我用另一隻手把傷口捂住，說：「一會兒就好。」母親連聲說「謝謝」，手中仍在開蠔不輟，並叫我到別處休息。我握著受傷的手指，一邊出去，一邊滴著血，一路上都是血。雖然母親心裏同時也滴著血，但也要拼命把這桶蠔開完才能照顧我。她來看我時，煙葉都已混同血液凝成結塊了。此後十天，我包著傷口，不能沾水，慢慢才好起來。現在手指上的傷疤仍清晰可見，分割開了的指甲永遠都留著那個後來癒合時形成的接口。它永遠提醒著我當時的情景。

蠔民生活拾零

蠔場裏出售的蠔從何而來？蠔田。顧名思義，陸上的田需要耕作，而這海裏的田也要，每一個蠔從播種、培植、收成，經歷六、七年的辛勞工作，其間冬寒夏曬，風雨洗滌，有多少人在品味這鮮美可口的海鮮時會想到箇中艱苦？

父親常跟我們說一個笑中有淚的小故事，頗見蠔民強自寬慰。話說大陸某村有一位新女婿參與飲宴，人們問他做貴藝，他回答道：「不敢稱甚麼貴藝，只是：出入三州兩省時時到，鐵將軍打白人，揈口攞命。」眾人不解，但無人敢問，還以為這位新女婿幹的甚麼偉大事業，如當大將軍抵禦外敵等。後來問他媳婦，才知道是個蠔佬。所謂三州兩省指的是珠江口的大黃洲、馬鞍洲和平洲；兩省是大鏟和小鏟（「鏟」的鄉音唸作「省」）；鐵將軍指蠔剢（開蠔工具），白人指蠔肉；揈口攞命描寫開蠔動作：按住蠔口用蠔剢撬開，把雪白的蠔肉取出。媳婦說：「我男人做蠔，曬又曬死，冷又冷死，劏（cam5，割也）又劏死，甚麼『貴藝』？賤藝才是！」眾人方才明白被新女婿的文才愚弄了。

這則軼事，父親每次講述都眉飛色舞，幽默有趣。可見他頗以做蠔為榮，儘管是歷盡艱辛。

蠔田在水，蠔場在陸，構成一條生產線。這原始的經營模式，以家庭為基本單位：男主海，女主陸；孩子則水陸兩棲。我們從小就在蠔場幫忙賣蠔、開蠔；稍長，便幫忙從淺岸的寄存處——殼位（由蠔殼鋪在泥灘上而成硬「地」而得名），把蠔運送到蠔檔售賣。運送方式有二：抬蠔和擔蠔。前者是二人一前一後，先以竹籮裝上蠔，然後用大圓筒形約兩米長的竹竿，把蠔抬去蠔檔；後者要求的技術和平衡力較高，即以擔竿（又稱擔挑）兩端各挑上一筐蠔，搭在肩膊上將之挑到蠔檔。小孩子平衡力不好，只能抬蠔。那時二哥就常抱怨說：「我長得不高，都怪小時候媽媽讓我抬蠔，把個子壓矮的。」殼位上不能推手推車，只能把蠔抬到正大街，把一籮籮重一百多斤的蠔放在車上，推去出售，有賣給其他檔口分銷的；後來也有推到馬路旁，搬上貨車，運到城裏分銷的。

父親主要負責出海和泥灘，夏秋養殖和冬春收成的工作。我們適齡時也要跟著去幹活，我在十一歲那年便開始出海和落灘。由於要上學，而出海又要按潮汐而行，因此，出不了海便在蠔場幫忙。除了剛開始時經常暈船浪嘔吐，不知吐了多久，吐出多少食物和黃膽水，後來才適應過來。我倒是挺喜愛出海的，除了因為熱愛這海，也因為不用在蠔場叫賣，不叫就被母親責怪，也不用忍受遊客們的趾高氣揚，指手劃腳，評頭品足。

我最怕的情景是蠔船靠岸就地開蠔。我們在那裏變成了表演者和受訪者，任人玩弄。那次，潮漲船歸，正好蠔場要蠔，父親便把滿載新鮮蠔的船，停靠在欽記魚欄的木板碼頭邊上，叫我們就地開蠔，省卻了抬蠔和擔蠔的功夫。從水漲船高一直開到水退，蠔船便停在那裏，全程任人觀賞。遊客們沿著碼頭走過來，見到我們，便興奮地跑來我們的船邊，只差一點沒有跳到船上，因為碼頭比船高，而船上載滿了蠔，他們不敢跳。有一次還真有人跳上船來，被父親趕走。「看，有人在開蠔！」當中一個小孩子先發現我們，就像動物園裏見到珍稀動物出現一般。「哇，真的呀！你看人家，從海裏執了這麼一船蠔回來。」大人說。「執」是粵方言，意謂不花錢隨地撿來。「是啊，這麼容易發財的活，多好啊！」另一人回應。「無本生意！一大片的海上都是蠔，隨便執。下次也不用花錢買，我們直接下去執便是。」那是最傷人的幾句話。那人還問我們怎麼執蠔，怎麼開，能賣多少錢，家裏買了幾套房子……。我和二哥聽著只覺委屈，被人誤解。個性健談的二哥開始時還耐心地向他們解釋，而我只管低頭不語，還被他們說：「問你呢，怎麼不答話？原來是個啞巴。」我心裏發火，但仍不理會。那個下午，一批又一批的遊客過來，有時圍了十幾人，有時零星幾個，說的大抵都是類似的話。我和二哥只覺度日如年，後來二哥也說得太累，也不回答了。時間過得特別緩慢，我們開蠔開到傍晚，遊客漸稀。腰骨早已發麻，手上的水泡早已成了繭子，又加厚了不少，而那一船蠔還沒開完一半。又到了潮漲時候，我們便把船撐到自己的殼位，把蠔扔到那裏存放（待水退後還要一個挨著一個地排列好，否則很快便會死去），然後把船下了錨，翌日接著出海工作。回家吃飯去，想著下午遊客們那些氣焰和說話，早已氣飽了，還吃得下？

打出蠔場

流浮山是那年代香港四大魚市場之一。其他三個是香港仔、鯉魚門和青山灣。我們這裏的規模雖小，但單憑蠔，就吸引了不少遊客到來。

由於交通不便，來訪的遊客大都是有車階級。有能力「養車」的就不會是窮人。那時村裏的孩子們偶爾見到明星，便簇擁而上，大叫「睇明星」，很快便聚集了一大羣孩子，跟在明星身後。那些明星一般都光顧裕和塘大酒家，因為它佔地甚廣，背靠小山，有園林景色，也有遊樂場。當明星買完海鮮進了酒家，我們便不敢跟進去，因為看門口的跛天會放狗咬人。

隨著交通的發展便利，我們的蠔也要往城裏銷售。遊客主要在週末到來，而我們卻多了個差使，到城裏賣蠔。起初是隨著父母到元朗、上水等地「走鬼」（當非法流動小販）。由於帶殼的蠔搬運不便，只能預先開好，用擔竿挑著，或者用水桶盛，雙手提著，在街市打遊擊。擺在繁忙的位置，不一會便被固定檔口的東主趕走；擺在不繁忙處不被人趕，但沒生意。一天下來，搬來搬去，賣不了多少。

除此之外，我還會跟同學成偉一起出去賣。二人各自提著竹籃，滿載著蠔油和蠔豉，乘車到上水、大埔等街頭叫賣。那是我們賺外快的方法，代價是每個星期日一大清早起來，辛勞一個上午，便要趕回蠔場幫母親賣蠔。

荃灣碼頭街市的那兩年賣蠔經歷與小學生活交織。那時父母租了一個檔口，不用走鬼；我從此每日來往兩地，疲於奔命。上午，父母把連殼的三、四籮蠔從殼位運送到馬路邊的福興貨車，準備一時正發車。我在十二時放學後，扔下書包，脫下校服，匆匆吃過午飯，帶上當日的功課，有時與哥哥一起，有時只有我一人乘坐福興去荃灣。到了荃灣，卸了蠔，從青衣島坐船過來幫忙的堂兄洪哥已到，一起在街市開檔賣蠔。至七時左右才收檔，洪哥回去青衣島，而我就獨自坐上「亡命小巴」回去元朗，再轉車回家。在那些小巴上暈車浪、嘔吐，弄髒了車，每次都被司機叔叔痛罵。周圍的乘客有可憐我的，給我衛生紙，但更多的是掩著口鼻，不屑一顧，也有嘴裏不斷小聲謾罵的。我也顧不上這些，只管乘風破浪地暈眩，掏心掏肺地嘔吐。

長途跋涉，回到家了。又是匆匆吃過晚飯，已是九點多，便匆匆做完那些日間閒時在荃灣做了一半的功課，然後匆匆洗了澡，上牀便蒙頭大睡。第二天重複同樣的流程：上學、搭福興貨車、賣蠔、坐小巴、嘔吐、做功課、睡覺。

荃灣檔口結業後，我們還開發了其他分檔。先後在元朗、深水埗、油麻地等地，為了避開同行競爭，還一度遠征到柴灣去。這些分檔都不長久，主要由於賣蠔的旺季只有冬天，所以農曆新年前後，我們最忙，到處去賣蠔。

除了自己去賣，也有分銷。我們稱為「交蠔」，有連殼交給他人賣的，由福興等貨車運送；也有開了蠔肉，由我們兄弟左右手提著塑膠桶送到城裏的；也有曬至半乾的——今日稱為金蠔——送去。我還是經常在亡命小巴風馳電掣中嘔吐而回。每兩三個月結賬的日子，兄弟二人的褲袋裏塞滿幾千元現鈔帶回家去。小孩子不會引起劫匪的注意，即使在治安不好的油麻地區，也從沒遇到過「劏死牛」（搶劫）。父母真的是沒有辦法才交托我們帶著鉅款回家的。

那些叫賣聲

「先生，買蠔呀，好靚生蠔……」

「買蠔豉蠔油呀，好靚流浮山特產……」

這些叫賣聲已是更行更遠，但迴響不絕。它們伴隨著海浪聲、汽車聲和旅客的囂鬧和嘲笑聲，見證著蠔場的變遷，成為我們兄弟姊妹成長的一個主旋律。蠔場內外的那些往事，譜寫了父母奮鬥的一頁，也譜寫了香港鮮為人知的歷史。

出海

我家面前的這片大海，伴著我們成長。每日每天，沐浴在那柔軟濕潤而帶著微微腥氣的海風中；每月的潮汐合適的日子裏，我們都投身到它的懷抱裏。看著那粼粼水波，白天漂泛著片片金光，夜裏映照著疊疊銀影，這些光影帶引我走進那些美麗的海上生活場景中去。

遠征長洲

大概一九七六年的一個下午，我一直趴在樓上睡房向海的窗台上。呆呆地等，等了幾個小時，終於，在那西斜的巨大火球下，由那些鋪滿海面的碎金的水平線上，出現了「孤帆一片日邊來」的景象。那並不是帆船，而是一艘緩行的機動小船。它噗嗤噗嗤地發出刻板機械的噪音，打破了海面的寂靜，船頭如一把小刀，把碎金劃開，船尾在水面寫上連綴不斷的「八」字，漸而駛進視線來。我興奮得大叫：「看，他們回來了！」二哥和四弟立即跑上來，三個小腦袋一同擠到狹窄的小窗口來看。

那是大哥跟著通伯父和雷叔遠征回航。遠征的目的地是長洲，趁著長洲誕即佛誕，他們載著一船蠔，提前一天從流浮山出發，沿著海岸線近岸行駛，途經白泥、爛角咀、青山灣等地。這樣的路線風浪較小，能保安全。但要到達目的地還必須冒最大的風險，就是從青龍頭橫渡汲水門。那個位置是今日汀九橋下的那條遠洋貨輪必經的航道。據説當年建造該橋時，在沉放巨大石躉作為橋磡下基石的過程，就遇上了重重困難：石躉每次被放置在預設的位置時都因水流太急而被沖至移位，經過不斷嘗試和技術改進，最後才成功放好石躉，才能開始修建大橋。由此可見汲水門這條航道的水位甚深和水流甚急，駕船時一不小心，便翻沉大海。大哥他們駕的是達叔的那條約六、七米長的小木船，載著一船蠔，加上三人的體重，壓得船舷離水面很近。小船只靠三匹馬力的小馬達驅動，「啪——啪——啪」地行駛了八小時，僥倖逃過了汲水門的湍急惡流，到達了目的地。

一船蠔很快便賣光，三人便上岸參加長洲誕的節目慶典。有巡遊匯演、舞獅舞龍、參拜北帝廟和天后廟，還有晚上的搶包山等。大哥細細道來，令我們好生羨慕。只恨年紀太小，沒能參與那次遠征，望洋興歎，一個下午都在等待他們回航。後來才知道他們的船去程時在汲水門險些被湧浪打翻，臨時往海裏扔掉了一些蠔，減輕重量，才力保不失。回程雖然沒有遇上危險，但卻花了十多個小時。那是因為逆流之故，早發長洲，日落時分才到。

後來聽父親說，他和通伯父早年就駕船去過長洲賣蠔。這樣的遠征，我們都無緣參與。

從大塘到沙洲

通伯父向來勇於冒險。那次遠征長洲正是他那冒險精神的體現。即便是近處，他也經常是拓荒者。到大塘採蠔——我們叫「摸蠔」——這個壯舉，應該是通伯父開創的。

所謂大塘，字面義是大的蠔塘，那一區並不屬於任何一家所擁有。后海灣的蠔塘名為裕和塘，屬廈村鄧氏所有，我們每年都要交租給他們。正大街上的裕和塘大酒家是他們開的食肆，也是蠔塘的辦事處所在。每次出海之前，父親總叫我們去「出標」，即領取出海作業的許可證。出海工作的範圍局限在淺海處，用竹竿插在水裏標示各家蠔塘的邊界，這些竹竿稱為「基」。蠔塘又稱蠔田，更地道的叫法是蠔埔，插竹標示的叫埔界，最近岸的邊界叫埔頭，離岸最遠處的叫埔尾。由於水太深，不宜以人工方法「種」蠔，因此埔尾對開更深水處便沒有插上「基」，也沒有人養蠔。再往水深處便是深圳河下游流至此處的主要航道，那水道自然形成了邊境界線，以燈柱為界：彼岸是大陸，此岸是香港。所謂大塘，指的是各蠔塘的埔尾至航道的深水區一帶範圍。這一區的水位很深，即便是較淺水處，夏季的初一、十五退潮最盡時也有一「人」多深。所謂「人」是量度單位，一人即站立海牀舉手勉強能露出手掌的深度（大約兩米多一點）。這個水位只維持一小時左右，潮漲時很快便加深到四、五人水位。水位低時，遠處航道中央的滿載貨物的大陸運輸船要下錨停航，等待潮漲後才能繼續航行，向上游開進深圳市。大塘的位置便是在航道的較淺水、靠香港界的一帶，靠上游處水位漸淺，越是遠離河口水就越深，再往外便是伶仃洋、南中國海。

我們那時便經常在大塘裏離運輸船不遠處工作。大塘的海底有石頭，上面長著大蠔。由於水位很深，牠們長期活在那沒人騷擾的區域，一代一代傳承著，不知傳了多少代，與世無爭。直至通伯父和雷叔等冒險家來到，牠們才被發現，寶藏從此被開採。那似乎是無本生意，然而要尋寶必需要有膽量、技術和體能，並不是人人可以做到的。因此，摸大塘蠔代價頗大，決不是無本生意。

大塘被發現後，忽然成為村裏蠔船的熱門去處。大家都放下各自辛勤養殖在蠔埔的蠔，轉而競相「不勞而獲」去。可是，這蠭湧而至的場面維持不久，便只剩下零星幾條船，當中有通伯父、雷叔和我們兄弟等。退出的那些人退賽原因，有的是由於容易被急流沖走，費力游回船邊，費力半天也摸不到幾個蠔；有的是因為深水處水壓太大，一往下潛耳朵便劇痛，水越深就越痛，實在受不了。再加上大塘蠔的分佈很不均勻，要找到集中生長處並不容易，經常要開著船到處尋覓，有時開一小時也找不到，浪費時間和汽油，這不划算的活也令不少人卻步。而我們兄弟之中，最後也只剩我一人能堅持出大塘，與通伯父並肩作戰。伯父一向是冠軍——摸蠔摸得最多，而我偶然僥倖比他多。

當時工作真的很辛苦。要趕及在潮水退得最低的三、四小時內（有時只有兩小時，視乎曆算），盡快找到蠔的叢生之處，盡快潛入湍急的水流中，把蠔逐一從石上掰下，在缺氧斷氣前趕緊上水，把牠們拋入船艙裏，然後再潛下去。如是者在限時內不停地重複，直到水漲流急至不能再幹時才停下來。這樣與時間和水流搏鬥，很快就筋疲力盡。然而，看著船艙從空空如也到碩果纍纍，滿載而歸，有時比通伯父的收穫還多，那種滿足感和喜悅，抵消了大部分的辛苦和疲累。

大塘之外還有更大更遠的大塘。通伯父的冒險精神驅使他衝出后海灣，與雷叔一同遠征，去到伶仃洋上的一個荒蕪小島——沙洲。這個荒島的位置是今日的赤鱲角機場以北，珠江下游流出南中國海處，處於遠洋輪船航道旁邊。當年他們遠征長洲便沿爛角咀駛過沙洲，不敢往這一帶水深處開去。我想通伯父他們也是那時遠望此島而立下決心要征服它的。令我不解的是，他們怎麼知道那裏有蠔？而且是巨大的蠔，因為從來沒有人去摸過。那裏水深，最長的竹篙雖有三、四人長（約五、六米），也插不到底，只能下錨固定蠔船。由於我們年紀小，只有大哥跟他們去過沙洲摸蠔，回來跟我們說：「很刺激，有三人水深，很難潛到底，水壓大，耳朵痛，好不容易才摸上來的蠔超大。」

沙洲這個大塘，他們只去過三四次便放棄了。主要是不符合經濟原則：開幾小時才到，工時太短，水太深，流太急，收穫不多。後來在報紙上看到有關沙洲的報導，説島上有解放軍的哨站，荒廢多年；也有人骨，是偷渡客誤入此島餓死、凍死後留下的。此外也有野豬野禽等。自從通伯父他們短訪離去後，沙洲便繼續在那裏荒涼著。那些孤魂野鬼每日看著漁船和輪船經過，海鷗飛翔覓食，春秋季的雁陣驚寒，中華白海豚在碧波中載浮載沉，載歌載舞。那裏沒有喃無佬替他們超渡，只能重複地聆聽著水鬼美妙而危險的歌聲。

航道彼岸

我從小便對海灣的對岸充滿好奇。常在想：父母當年就是從對面過來的；偷渡的人蛇也很多是從對面下水的。在大陸不同政制統治下的這片土地到底是怎樣的？不論在霧靄或晴空下，它總是披著神秘的面紗。有一回，大哥弄來了一個望遠鏡，如獲至寶。大家天天拿著它遙望對岸，看那南山麓下的道路，臨水處是一個叫姑婆角的小島，看上去離我們稍近。島上有哨崗，不時有軍車出入。由於距離太遠，即使有望遠鏡，也不止是不辨牛馬，連人影輪廓也難見到。蛇口至沙頭一帶沿海的景象始終被迷霧包圍著。終於有一天，我們竟越過了邊境的界線，橫跨航道，登上了這神秘的彼岸。

開著蠔船，只需半小時便到達姑婆角。那年，父親買了大陸那邊一條蠔埔的蠔，位於后海，必須在限期內把蠔運走。於是我們便有機會跨境作業去。過關的手續很簡便：有時香港的水警輪會攔截盤查，查看過香港身分證，便算過了香港關；大陸那邊也如此。

那次十分驚險，在姑婆角前幾乎打翻了船。我們一路向蛇口駛去，浪不算大，但甫入港灣，突然巨浪滔天，大家都站不穩，要坐下，但坐也坐不穩。父親掌舵，大叫：「往艙裏趴下，抓住船邊。」那時，兩三米高的浪頭把小船拋起，再摔下，只聽得螺旋槳在空中打轉的聲音，馬上便是小船被大浪從高處扔下時，船底觸水啪的一聲巨響，浪花四濺，小船一直被浪神重複把玩著。我們在艙裏翻滾，渾身沾著海水。還沒來得及看周圍環境，又被另一個大浪擲到半空，再往海面摔，如是者約有十多次，我們驚惶失色，連父親也快失了分寸，但大家都緊記雙手必須抓住船邊，萬萬不能掉進海裏去。幸得天后保佑才平安通過了那惡浪區。後來父親說：「真沒想到那大西南風、火船浪加上急流，這麼厲害！險些送命。」回頭看時，方知那時姑婆角與南山之間形成的一個「壺口」，正面迎著西南風，浪特別大。大家驚魂未定，小船已穿越了壺口，徐徐向著岸邊駛去。找了個安全位置，拴好。父子五人登岸，走向蛇口市中心。在大街上找到茶樓，吃了點心，用預先準備好的人民幣結算後，回到船上。駕著小船緩緩前行，穿過姑婆角水道，一路風景秀麗如畫，如在夢中。往后海駛去，忘路之遠近，以為進入了桃花源。很快，歷盡美景終究要醒悟過來，在后海開始一天的工作。

那次經歷畢生難忘。平生首次登上一直可望而不可即的蛇口，再加上遇到前所未見的驚濤駭浪，還有用很便宜的人民幣結算，吃到了蛇口的點心，雖不及香港的好吃，但異地風味，很是特別。

在后海工作了大約兩個月便把蠔都運走了，此後也就沒有機會再跨境工作。但後來在航道上卻另有奇遇，尤其令父親興奮。

海上的親情

一九七六年我和二哥首次回深圳探望鄉下的叔伯、舅父和其他親戚，竟造就了後來在海上再遇。父母當年逃亡到港，一直不敢回大陸，只能派我們去。那次七叔和堂兄秋哥在深圳見面時告知：「我們生產隊的船近來經常到后海灣，你們記住我們的船牌：寶安 7222 和 7214 號，就是我們的船。」後來某次出海，遙遠處停泊著兩艘大陸蠔輪，似在等待潮漲通行，但看它們這麼小的排水量並不用等便足以通過，所以斷定是七叔他們。父親懷著激動的心情，把蠔船朝它們那裏駛去，我站在船頭高興得跳起來，大叫：「是七叔他們的船，我記得他們的船牌號！」三艘船繫在一起，也把分隔了二十年的三顆心再繫在一處。父親激動得聲淚俱下，同時感觸大伯父即他的大哥沒等到這一天，前兩三年便離開人世，無由得見。從此，我們時不常在海上見面。不用寫信，只要計算好潮汐期就知道他們大概何時到來。

父親自一九五八年離開大陸，至此終於與親人團聚。這最初團聚的方式是非法的，但很特別，很有意義。只是一海之隔，越境後二十年，從此岸每日眺望彼岸，想起當日每天在南山腳下石礦場苦幹。每日駕著蠔船出海，卻不敢越雷池半步，即使偶然越過，也沒能見到兄弟子姪，只能每日延頸眺望。

父母到港後不久，一直定居在面對大陸的這后海灣畔，大概就是為了解思鄉之愁。多少年來，我一直沒有想過這一點，也從來沒有問過父母為何卜居於此，一直幹著故業，每天對著青天碧海，或急風驟雨，濁浪排空，時而又回復到波瀾不驚，水淨鵝飛。

海灣拾荒

近幾十年世界各地力倡的環保，我們早已付諸實踐。那時對環保理念一無所知，今日回看，美其名曰環保，其實本意在於節儉。不管怎樣，學懂珍惜和不輕易浪費物資這些想法和實踐，理應是從小培養的美德，儘管這些實踐並沒有保護地球這樣偉大的動機。這其中的主要動力，來自清貧的家境和愛惜父母、家人和物資的純淨之心，但這心很容易被冠上貪婪、吝嗇、自私等惡名。我從小就在幹著這些為蠅頭小利而奔走之事。

灰窰與蠔殼山

早上，滿天瀰漫著白色的濃煙，空氣中飄浮著灰黑的塵屑。「唉，灰窰又在燒灰了，真煩人！」我們都抱怨著。我們住的那條街叫灰業街，就是因為根記灰廠位於街頭而得名。那些年，灰窰燒過千百萬籮的蠔殼，製成養飼牲口的飼料的配料，供應給香港各大飼料廠。除此之外，蠔殼粉還可用作粉刷牆壁的塗料。中學課文中有一篇散文叫〈籃球比賽〉，當中提到「蠣粉牆」一詞，令我感到自豪。蠣即牡蠣，是蠔的正式名稱。後來又發現清人姚燮（1805—1864）〈洞仙歌．淥西樓後〉也有提及「蠣粉牆」，可知以蠔殼灰即蠣粉作為建築材料源遠流長。但由於蠔殼本身價值太低賤，能善用此原材料者甚少。

蠔殼山是記載流浮山蠔業史的獨特景觀。那是近百年來，海邊的蠔殼一直堆疊而成的。這些蠔殼山的每一個組件，都刻寫著蠔民生活的情貌，也記載著這些蠔從成長到出售的生命歷程中的每一個環節，只是從來沒有人去破譯這些隱秘的印記。從蠔塘採來的蠔，一船又一船，一籮又一籮，一斤又一斤，從下種養殖至成熟的五、六年時間，到出海收成，逐個鑿開售賣，每個蠔開口時，遊客們也許只見到金錢：越是肥美的蠔，錢的光澤越是耀目；而我們所見到和感受到的卻是血與汗。當蠔肉賣出後，處理蠔殼便成為我們頭痛的事：它們礙事，佔據了狹小的蠔檔的空間。一邊開蠔，蠔殼便一邊堆積，很快便要清理。一般是搬到海邊，曬乾後賣給根記；但由於價錢太低，一籮才賣八毫至一元，所以很少人幹這樣的苦力活。村裏只有西路明一人長期幹這活。西路明是當時已有六七十歲的伯伯，一年四季都光著身子，褲腰帶上揣著一對木柄短鐵勾，在遊客人羣中推著木頭車一邊喊著「讓路！」一邊靈活地穿梭，到各個蠔檔收蠔殼。一鼓起勁，乾脆地用鐵勾把一籮籮的蠔殼勾到身前，配合大腿的力量，輕易地放到手推車上，推往他自己的蠔殼山。當年我們都很佩服他的魄力、技巧和服務蠔場的精神。由於要及時清理，大家都把蠔殼交給西路明，不但不收他的錢，還要表達謝意。

我們閒時也會以推蠔殼去根記為副業，賺點外快。但由於價錢太低，兄弟們都懶得去幹，只由得蠔殼堆積成山，堆到快要掉下來壓傷人時才被迫動手清理。後來乾脆直接送到海邊去，很快把水道也堵上，在各方投訴下，又要去清理。今天所見的蠔殼山，底下埋藏著我們當年無數的足跡。有一年暑假，我找不到暑期工，便決定出賣勞力，每天到海邊清理蠔殼。戴上手套，一把一把的撈到籮裏，一籮一籮推去賣給根記，每日賺得幾十元。收工時已筋疲力竭，滿身傷痕。但心裏還是喜悅的：既賺得少許零用錢，也為村裏清理海邊的一座座大山，把它們移至根記灰窰，堆疊成山，所以當時自嘲為愚公移山。

從鴨毛到銅鐵

「鴨毛換火柴」和「收買爛銅爛鐵」都是舊日香港街巷時常聽見的叫賣聲。這些場景，在那發黃的記憶中偶爾也會鮮活起來：母親每次殺雞殺鴨後，我都把牠們的羽毛曬乾，聽到有人叫收鴨毛雞毛時，激動地收起曬好的毛，跑去交易，換來了幾盒火柴，頗有些成就感。心裏常在想：那些雞毛鴨毛用來做甚麼？只想到鴨毛扇子和雞毛掃兩種製品。不管他，總之能換火柴，幫助家裏生火做飯，給祖先和地主公燒香等已算是做貢獻了。

可是這些「貢獻」也太微不足道了。總想通過開源節流來幫補一下。首先是上學的零用錢，每天母親準備好的幾份，兄弟們各取其一。有一段時間我特意不拿錢，課堂休息時餓著肚子，看著別的小孩吃東西，自己只有饞的份兒。挨餓到中午放學回家，如狼似虎地吃一頓飽。過了幾天，母親發現每天都剩了一份上學零用錢，便疑心起來，問我們，才知道就裏，她摸著我的頭說：「傻孩子，不要這樣，餓壞了身子，要看醫生就更不值得。」我從小體弱，很瘦，打出生起，從沒讓父母省心，所以那次更令母親心疼。節流的計劃也就告吹了。

開源的一個法子是去撿破爛。在那位收買爛銅爛鐵的伯伯召喚下，每日放學，換上塑膠製的拖鞋，到處去翻垃圾堆，尋找金屬物料。其中有不少廢棄的電線，必需用火把塑膠外層燒焦，然後用石頭把它打掉，取得銅線，才能拿去賣。有一次我把電線扔到那堆燃燒中的垃圾去「借火」，燒完後一腳踏上鐵皮上，拖鞋立即溶了大半，我馬上跳出，幸而沒有燒傷。唉，真倒楣，那天賣銅鐵賺來的錢還不夠買一雙新拖鞋呢。

我每天收集的廢品堆在家門外，定時拿去賣。大哥、二哥取笑我，管我叫「爛鐵佬」。

穿梭於魚欄和菜檔間

在村裏撿拾魚和菜是為了興趣，卻也添了美食。這些美食不僅包括撿來的東西，也包括用來餵飼鴨和鵝的食物。

流浮山是當時香港四大魚市場之一。雖然它的規模比不上香港仔、鯉魚門和青山灣，但也十分興旺。近海處魚欄林立，最大的也是最靠海的是欽記，其次是森慶隆。它們是我的主要活動處。其他的如王君記等，規模太小，不利於活動。

魚欄開市買賣的場景十分熱鬧。每天潮漲時，漁民把用高度及腰的大木桶或直徑一米的簸箕裝載的漁獲，從大漁船卸到小舢舨，有的用人力搖櫓而來，後來更多用艇尾機（我們稱為「屎忽機」——因安裝在舢舨的屁股位置而得名）驅動到岸，運到欽記和森慶隆各自的碼頭。魚欄工人用人力滑輪或吊機把這些木桶和竹籮吊到木板搭成的約三、四米高的碼頭上，再用木頭手推車推到魚欄。漁民一路護送各自的漁獲，送到魚欄後隨即用簸箕分類，然後送到秤手那裏稱量和打盤。每一批貨來到秤手那裏，他都用擴音器宣佈：「欽記有大隻肉蟹賣。」「生猛中蝦九蝦。」……不斷地喊，招徠買家。打盤即競投，各買家即海鮮批發商爭先恐後地在秤手手中的小算盤打上錢數出價，不能讓別的買家見到，最後由秤手宣佈價高者得。成功買到海鮮的買家，立即在貨品上放上自己商號的，張略小於手掌大小的白底紅字紙標籤，作為記認，再運到自己的倉庫，有的在當地出售給遊客，有的就用海鮮車運到城裏分銷。

在這熙攘人羣中，有兩三個小孩兒在靈活地穿插走動。我是其中一個。我們互不認識，各自到處尋覓，一見到有魚蝦蟹等從大木桶或竹籮裏跳出或溢出，就一手撿來，放進手中的口袋裏。我是唯一穿著拖鞋的，以為顯得文明，但走動不靈活，怕摔倒，其他兩個是水上人，光著腳，來去如飛。那些掉在地上的海鮮，很快會被人們踩扁，撿拾的孩子必須看準時機下手。有時同時出手，手快者得之，因此偶然會有爭執。更大的挑戰是來自魚欄工人和秤手的責罵和驅趕，嫌我們阻礙他們工作。有一次我鑽到人羣中，不覺已進入打盤的中心地帶，忽然頭上被猛擊了一下，原來是秤手用彎曲的食指和中指，往我額角上狠狠鑿過來，劇痛之際，已被推出人羣中心之外，一邊被秤手惡罵。此後十幾天都不敢再去魚欄。

撿來的魚蝦本意在用來餵鴨。母親知我喜歡養鴨，便從元朗雞地買來了幾隻小鴨雛，身上是柔軟的黃色絨毛，小小的扁嘴兒，吱吱地叫，十分可愛。我每天抱著牠們把玩，高興了好些天。母親每日宰魚剩下的魚內臟餵不飽小鴨，用錢買小魚又不值，在海邊撈也撈不了多少，開始為每日長大而食量隨之增多的鴨子發愁。於是每天放學後，匆匆吃了兩口飯便跑到魚欄去撿拾魚蝦。撿到的小魚給鴨吃，也偶然撿到稍大的就給人吃。

自從那次被秤手打了之後，撿魚的活動便停下來了。每次在蠔場遠遠見到秤手便心生恐懼，怕他追來打我；其實他根本忙不過來，也不會認出我這個小毛孩，我只是作賊心虛而已。鴨子吃不飽，越來越瘦，我又不敢把被打的事告知母親，母親以為我懶惰，又或是三分鐘熱度，已失去養鴨的熱情。終於，那幾隻瘦鴨子便成了我們餐桌上的一道菜。我傷心了很久。

後來養的那隻鵝更令我痛心。為了餵牠，我每天去採摘綠草，撿拾菜檔賣剩、扔掉的蔬菜。鵝長大了，很雄壯，嗓音鏜鏜然，能幫忙看守門戶，一見到陌生人，便大叫，邊叫邊追，還出口去咬，比狗還要狠，還要盡責，嚇得路過的人都飛跑而逃，那鵝仍窮追不捨。我們看得興奮，不禁把鵝抱在懷裏，愛之難捨。可是，鵝比人老得快，不久，牠漸步入老年。某天放學回來，鵝已就戮，廚房滿溢香味，我只覺嘔心，母親把佳餚端上，我死活不肯吃。此後憎恨了母親好一陣子，才慢慢適應失去老友的哀痛，慢慢緩解過來。

打灘

「打灘」的意思是在泥灘上摭拾剩下的蠔，就地開取蠔肉。那是在蠔的收成期間，用船來蠔塘摸清之後的後續工作。一般很少人去幹，而我卻樂於此道。

寒冬的大清早出發打灘去。天氣越冷，蠔就越肥美。那是極大的考驗：早上四點半左右從睡得暖暖的被窩中爬起來，匆匆吃了點東西，肩上扛著木製的跳板——在泥漿上行走的乘具，手上拎著水桶、蠔剢（開蠔工具）、手套，出發了。打灘一般都要騎車，把跳板和水桶綁在車後座，在漆黑的路上騎行，約有二、三十分鐘，到虎草村、沙橋、沙江廟、白泥等地，穿過草叢，到達岸邊。面前是一片退潮露出的泥灘，周圍是伸手不見五指的黎明前的墨黑。抬頭只見一彎落月和數點寒星，真切感受到刺骨寒風中披星戴月的滋味。趕快把單車藏在草叢，肩上扛著跳板，手中拿著水桶和蠔剢，奔向泥灘去。第一腳踏入泥裏，入骨的冰寒由腳底直送到腦際，全身打了個冷顫。當泥的深度從腳面逐步增至小腿、大腿，那寒意早已沁透身心。但由於身體一直在滑動著跳板，在泥灘上飛馳，較諸第一腳入泥時已好得多。剛盼到溫暖的太陽，卻嫌它來得太快。

趁著短促的退潮時間趕緊工作。在泥灘裏找到之前用船到來摸蠔的地點，眼前是零星的蠔。踏著跳板穿梭其間，見到蠔就當場開了，取出蠔肉。幹了大約三、四小時——這也因潮流和所在位置而異，抬頭看，已日上三竿；向海看，潮漲不待人，正朝我工作處殺將過來，轉瞬間已淹沒了蠔塘，我只好往潮水大軍未到處撤退，繼續工作。但不一會，水已追到，沒法子，只好收工。洗一下跳板、水桶，然後回岸邊去。找回單車，綁好跳板和滿載蠔肉的水桶，騎車回到正大街賣蠔去。那裏有收蠔的銀喜和愛姑，也可以拿去欽記打盤。那都是母親代理的，一因我年幼，也因我怕欽記的那個秤手打我。

拿到了十幾元，十分滿足。那是我努力工作的成果。回到家時，兄弟們還沒睡醒。有時他們會引用母親的話取笑我：「為的是私人利益。」為何母親如此矛盾？當時心裏很不服氣。我努力賺取外快，只為減輕家裏負擔。後來回想，母親也是因為工作辛苦，平常我早起工作，回來後便去上學，沒有太多時間幫她賣蠔，才出此怨言，說我只為私人利益。

撿破爛與環保

「環保」一詞，是後來才聽說的。小時候哪懂這個？只知道珍惜，不浪費，幫補家計。這些美德，大多出身於清貧家庭的人都具備著，但是否都能貫徹就因人而異。當我後來略懂環保的意義，便把它驗諸小時候那些撿破爛的經歷，美其名曰環保，儘管在動機和具體實踐上都有巨大差距。然而，小時候養成的珍惜人情、事物、生活、物資等，為後來的環保意識打下了基礎。尤其是在美國的貧窮留學生活中，常去二手店鋪，週末逛「車庫賣物」（garage sale），還有到垃圾站撿拾別人棄置但仍簇新或性能良好的傢俱和日用品。這些做法，在華人地區肯定會被取笑，但西方人不介意，而且很支持物盡其用。那些年的域外生活，彷彿又回到小時候撿破爛的情境中去。

魚之樂

后海灣這片有邊的大海，培育了我對它無邊的感情。

天然的食物鍊結構在人類和其他物種之間造成了矛盾：既愛之，亦食之。魚蝦蟹蠔注定成為我們的食物，即便覺得這是殘酷的定律也沒法子，除非出家不殺生。這些物種都有生存的權利和自衛自利的本能，這些本能在牠們與我們的交往中，譜寫出不少故事情節，也培養了一些感情。

蠔民捕魚

每次出海工作，總想著帶些海鮮回家。當我們還沒到出海的年齡，就每天盼著父親僱用的短工們能捕獲一些魚蝦蟹回來。每當短工良友和華友一到岸，我們便撲上去問：「今天有甚麼收穫？」通常最多的是烏頭和螃蟹，我們高興地把玩欣賞一下，然後交給母親烹煮。到我們出海時，經常不把心思放在工作上，一心只想抓些海鮮，炫耀一番。

那些自投羅網的烏頭，助長了我們守株待兔的心態。當蠔船破浪行駛時，被剪開的水簾在船的兩旁一層又一層地掀開，魚兒被船捲起的簾幕浪花驚嚇而紛紛跳起，一羣過去了又來另一羣，十分壯觀，牠們聯羣結隊，像有意向我們展示美妙的舞姿：分批分組，散亂中有節奏，隨著蠔船馬達聲轟隆轟隆的拍子伴奏，從水裏躍到空中，有高有低，畫出一彎一彎的月牙兒，魚鱗映照著月光，與天上的月亮相映成趣，十分好看。不時有大魚落水時奏出「噗通」一下，如鼓聲般洪亮。偶爾也有些刻意賣弄舞藝的，躍至一米多的高度，大概是過於自我陶醉，沒有預計好往下墜時的方向，便落入我們的船艙裏。這時，我們雀躍起來，顧不上欣賞舞蹈表演，連忙去抓那些失魂魚。大的有成人前臂那麼大，一般也有手掌大小。音樂和舞蹈後便是晚餐桌上添上的美食。

我們捕魚的方法除了守株待兔，主要是混水摸魚。我們畢竟不是漁民，捕魚只是副業，但總是樂在其中。在海裏工作，即使手碰到魚，也很難抓到；只有父親經常有收穫，他常說：「魚入我手必死，蟹入我手必跛。」我們沒有學到父親的絕技，只有羨慕的份兒；但我們會乘魚之危。除了等魚跳入船，還經常在涉水返回岸時俯身摸魚，趁著牠們蠢湧成羣，游向淺岸時下手，牠們自己撞向我們的腿上和手上，那魚兒撞擊、騰躍和竄動的力量，我們徒手捕魚的那種刺激，至今想起仍覺興奮。當父親逐漸遠去登岸，回到家裏，我們還在摸魚，樂而忘返，太好玩了！

魚羣隨漲潮游到淺灘這個習性，啓發了我們使用其他方式捕魚。首先是刮魚：二人拉著長網，或是長纜，一人站一端，從水及大腿處向淺灘拖去，落網之魚頗多，漏網之魚更多。此外，又有打魚之法：手持筆直而稍具韌性的長竹竿，沿著魚羣亂竄的淺灘，邊跑邊往水裏鞭打，魚羣被嚇得跳起、逃跑，不幸被鞭死的，便成為我們桌上的珍羞。有時還會用罾或簸箕，以死蟹為餌，有時不用餌，待魚兒游入時猛地抽起，收穫也不少。

海中的魔鬼與老虎

海底世界危機重重。工作時被蠔殼割傷是家常便飯，傷口有深有淺，只要把血止住，就能繼續工作。在冬日裏，血液凝固得快，割傷後很快便不流血。在海上幹活的那些日子，在手腳上畫上了新舊交疊的傷疤，它們雖然隨年月流逝而褪色，但永遠提醒著我們，不要忘記從那裏流出過的鮮血。它們也提醒我那些海裏的「魔鬼」和「老虎」，牠們雖然凶猛，但不留下傷痕；身上雖無印記，但心中卻永遠記得牠們的巨大威懾。

魔鬼是指魔鬼魚。這個名字是文明社會通行的，我們稱之為鯆魚。鯆魚是海裏最能致命的殺手，不止致人的命，也致蠔命。雖然很少遇上，但也十分懼怕。有一次我們在淺海並排散蠔——即把蠔一個一個排好，使其立正，蠔口向上，不致被泥淹埋死亡。工作間，父親忽然摸到一條圓柱狀物體，使勁往身邊一拉，牠一使勁，扇起約有一米寬的雙翼向前游，與父親角力拉扯，只見水面泛起兩道水波。父親面色一沉，同時把手中的圓柱狀物體即牠的尾巴，慢慢鬆開，放牠走。隨即叫我們上船躲避，說：「是一條大鯆魚，千萬別碰，快走！快走！」上船後我們問父親何事，他告訴我們鯆魚尾巴上的刺有劇毒，被螫中就必死無疑。

這句話當時直刺我們心中，彷彿屁股上被牠刺中一般，直達神經中樞；如果真的被刺，早就「係咁大」——命盡於此了。

鯆魚的另一種禍害是吃蠔。我們的蠔產歉收的主因是風向和水流異常，導致大量蠔死亡，血本無歸。另一個原因是當鯆魚盛產期間，牠們會用堅硬而鋒利的牙齒咬開蠔殼，把裏面的蠔肉吃掉。我們初時不信，但經父親拿起被咬開的蠔殼講解，再加上從船上往清澈的水底看，真的見到鯆魚黑色的身影在吃蠔肉時，才明白為何很多蠔只剩下空殼。但知道又如何？根本就沒有任何辦法防止或驅趕這些悍匪。

第二號殺手雖不會要人命，一旦被襲亦痛不欲生。我們稱牠為老虎魚，後來才知道海鮮檔和街市有賣，叫石頭魚。我們從小便被牠的毒刺刺傷過多次，那種痛楚，難以言喻。「老虎」之得名，除了因為牠的外貌，更貼切的是用以形容牠那如虎凶猛的劇毒。老虎魚的體型不大，最大的約有二十多釐米長，皮厚身肥，常寄身海牀，棲息於石塊、蠔等硬物的隙縫間，以避急流。牠們與陸上的老虎很不一樣：老虎會主動襲擊人，而老虎魚不會，牠們曳尾於石隙泥塗之間，人不犯牠，牠不犯人。一旦被驚擾，牠們便撐開背上的鰭，上面全是毒刺，當敵人進犯，手觸碰到牠，便翻動身體，刺向對方。後來想，這魚可以是絕佳的人格和人類世界的譬喻。

我們蠔民哪懂得這些道理？在混濁的水裏工作，甚麼都看不見，不小心一手抓蠔，躲在其間的老虎魚便出刺攻擊。我們是無心騷擾，卻受襲，自然心懷怨忿。偏偏牠身上的肉卻又無比鮮美，每次都想報仇，但並不是每次都能捕獲，更多的是被刺傷後的呼天搶地，謾罵老虎魚傷人而去。那種傷痛，透心徹骨。尤其是牠的最前端那支毒刺，稱為「頭砲」，一旦扎中，毒液迅速進入身體，手指傷口至整條胳膊，立即發麻、腫脹、劇痛，同時上傳至腦袋——頭痛、發燒，半邊身軀像要爆裂一樣。那種折磨，用「生不如死」來形容也不算誇張。據說傷痛隨潮汐而行，一旦被扎中，必需要忍受到下一個潮汐——即二十四小時才漸次消退。那二十四小時可是人生中最漫長的煉獄生活。有一次我在水底捏到軟軟的物體，連蠔一起扔上船艙來，一看，那肥大的老虎魚在懶懶地跳動。父親怕我們被扎傷，急忙拿著剪刀想把牠的頭砲和二三砲剪掉。怎料牠一翻身便以頭砲刺向父親的手指，「噢！」父親大叫一聲，接著便是一個潮流（二十四小時）的呼天搶地，雙腳不住地踢，快要把船艙踢破一個洞了。我們在旁，慘不忍睹，更不忍聽。

我大概被老虎魚刺中過四、五次。每次都死去活來，村裏的人建議用紅花油、白樹油、酒精等止痛，但任何藥物都沒用，只能靠時間「治療」。所以一旦能捕獲牠，晚飯便成了報仇的時機。喝一碗老虎魚湯，算是以毒攻毒，其實是心靈慰藉，倍覺鮮味無比。

海中之豚

海裏的豚有二：海豚和河豚。二者有巨大差異：除了體積不同，主要是我們對牠們的態度。

有一次與其他孩子們一同駕船出海釣魚，遇見了大魚。我們把竹篙插入海牀的泥裏，用繩子把船拴住，一邊釣魚，一邊把腳泡到水裏，冰涼之感從腿上滲到全身，是消暑良方。忽然，有孩子見到約三十米處海面游來了一羣粉紅色的大魚，目測每條約有成人身高的長度，共有四五條，在水中依次呈半月形躍起，露出大半個光滑的身子，再插進水裏，正在嬉戲玩耍，但更像在我們面前炫耀舞姿，逗弄我們。「噢，那是海豚！」說著，我們泡在水裏的腳不約而同地急忙往上抽，怕被大魚吃掉。大家注視著海豚，海豚大概見到這些傻孩子如此這般，特意靠近起舞，我們由懼怕轉為歡喜，很想伸手去摸，但牠們始終保持著安全距離，玩耍了一會兒便成羣離去了。我們只覺意猶未盡，充滿不捨的惆悵。

後來告知大人們，才知道牠們叫白鋸。再後來從電視和報紙得知牠們叫中華白海豚。此後又遠遠地見過幾次，都沒有向我們游過來，頗有悵然若失之感。

另一種豚是可惡的河豚。我們自小只知牠們叫雞泡魚。可惡的原因有：樣子醜陋，尤其是遇敵時鼓脹肚子，把身上帶刺的疙瘩凸出，更醜。牠們身上有毒，不能吃，卻偏偏經常搶著吃我們釣魚的餌。釣了上來，費勁解開，有的孩子將之處死出氣。

河豚雖有致命的劇毒，但我們小時候吃過。用來煮粥，甚為鮮美。那是雷叔教我們如何清理、烹煮的：只要把附在脊骨的深色血塊似的物質去掉便可。即便如此，很多人還是不敢吃。是不是帶毒的魚都如此鮮美？泥鯭、刀甲、老虎魚和鯆魚都屬此類。

雞泡魚另一個令人討厭的原因是咬人。咬手指腳趾還說得過去，但咬的地方不對就顯得下流。大人們在海裏工作時為了節省乾衣服，大都裸著身子下水。摸蠔時蠔船要不時移位，故不時要上水，旁邊駛過的漁船上的婦人（我們稱為蜑家婆、蜑家妹）經常被嚇得躲到船艙裏，赤裸著身子的蠔民卻是旁若無人。有一次，我們隔鄰蠔埔的再叔在水裏工作時突然大叫，喊著說自己的陰囊被螃蟹的鉗（《荀子》稱為「螯」）夾住不放，我們初時覺得好笑，但見再叔痛苦不堪，我們便漸生憐憫，並想像如果是自己遇襲又如何，隨即收斂了取笑，顯出了關心。父親過去幫他解開了被蟹棄下的而仍緊緊箝住的那隻蟹鉗，只見血流如注，這時才止了哭。父親說：「你肯定在水裏屎屎，引來了蟹！」並接著說：「幸好不是雞泡魚。牠們會到處游走，遇到暖流，找到源頭，張口就咬。以前就有人生殖器被雞泡魚咬掉了一口呢！」我們聽了害怕，本來因害羞而不脫褲子下水，此後就更不敢不穿。

笨蟹與傻鱸

蟹給人的印象是橫行霸道，但很笨。在水裏捉蟹並不難，約有兩個方法：一、當在水裏發現蟹蹤，即用手用力攪動海水，形成旋渦，蟹便被困其中，旋轉迷途；二、一手把牠按到泥裏。但總有危險，因為看不見，容易被牠的鉗夾傷，力大的足以夾斷手指。再叔那次便被夾得血肉橫飛。

在水退後的泥灘上捉蟹就更容易。凡是蟹在泥灘上走過，必留下足跡，稱為蟹躧（按：「躧」只取其音，其義為行列、足跡）。只要沿著蟹躧找牠們就無所遁形。泥灘上有專捉蟹的人，踏著跳板，一會兒抓一隻。我們看見，心生羨慕。我們沒耐性尋蟹躧，只會翻石頭，但偶爾也能抓到在石下棲息的蟹。

還有一些原始的法子，很有效。其中一法是用蟹罾。約三十釐米見方的罾上繫一塊餌，沉到水底，上面連著浮標，一行放幾十個，收蟹罾的船駛過，用帶鈎的竹竿把罾逐一挑起，即見到蟹在上面正在享用美食，自己被抓了也遲遲未察覺。

更有趣的捕蟹法是引蟹入甕。我們曾在水裏摸到一個窄口的瓷缸，裏面有一對巨蟹。牠們從小就居住在缸裏，大概是因為可以避開急流，伸鉗即能捕食那些同在甕裏躲避急流的小魚和微生物，二蟹從此雙宿雙棲，不覺間身體已長大到再也出不去缸外，只能繼續在裏面衣食無憂，度此餘生。豈料最後成為了我們的獵物。據説民間真有此法捕蟹。

避開急流也是鱸魚的本性，也成為被捕的原因。有些漁民專門捕鱸魚，方法是用三支一米多長的粗石柱在海牀上呈三角柱體架起，中間形成空間，稱為鱸魚凸。鱸魚很喜歡棲息在這些凸裏，漁夫每日巡邏，總有收穫。每條鱸魚都很大，平均約有六十釐米長，四、五十斤重。

我們捕鱸魚只是可遇不可求。但也是利用牠們較笨的本性。那是在初一、十五潮水急退之時，鱸魚游入淺水處後，一時貪戀舒適而忘記了計算潮退時間。那時只見牠努力在剩下很少水的泥灘上掙扎，向著急退的潮水焦急地撥著雙鰭和魚尾，擺動著身軀，希望盡快脫離苦境投身大海。就在此時，我們兄弟包圍鱸魚，不讓牠走。成功捉到過兩三次。有一次正在目送牠在泥上滑翔遠去時，失望之際，安哥把手中的鐵鎚——用來敲蠔使之與石頭分離的工具，向牠猛力擲去，正中頭顱，當場游不動了，身體在顫，奄奄一息。我們都很興奮，直為安哥喝彩。那幾天吃的都是豐盛的鱸魚餐。

拖網與垂釣

趕盡殺絕從來是最殘忍的捕獵方法。但其他方法就不殘忍嗎？

海上與我們為鄰的大拖一直都在進行最殘忍的捕魚法。「大拖」是大型拖網漁船的俗稱，它們馬力強大，從主桅兩邊把臂胳一伸，兩個巨網一下水，加速前進，不一會，兩條胳膊舉起來，拎著滿載大小魚蝦的口袋，往船艙上傾倒。這樣的捕魚方式叫拖網捕魚法，由於威力巨大，破壞力強，把魚蝦大小通殺之餘，也毀壞水底的生態環境，不計其數的海洋生物無家可歸，因此近年香港已立例禁止。

我自小喜歡釣魚。長大後才領悟到願者上釣的道理，其實更準確的是貪者上釣。早期水質很好，站在過膝水位的海邊把魚絲往外一拋，不一會就能釣上魚，有時會有成人手掌大小的黃腳鱲。最難忘的是撐著魚盆出海釣魚的樂趣。我乘的是用鐵片打成的長方形魚盆，本是海鮮檔用來賣魚用的，那時身輕個子小，拿它當小船。放學後，扛著魚盆，帶上漁具，往海邊跑，把魚盆往水裏一放，跳到盆上，雙手插到水中一下一下往後撥，不到二十分鐘便到深水處，開始垂釣。上釣的有大有小，最刺激且難纏的是藤鱔或白鱔上釣時在水中旋轉翻滾，我用力與牠搏鬥，牠不斷轉動身軀，直到被扯上了魚盆，還在捲動，弄得漁絲一圈一圈的纏在牠身上，費了好大功夫才能解開。暫且把牠養在盆裏，不斷在我兩腳間蠕動亂竄，我開始覺得於心不忍，但又捨不得晚飯的這一道菜色和母親的誇獎。有時一次釣到兩三條鱔加幾條魚，收穫頗豐。在烈日下曬上兩三個小時，完全沒事，因為喜悅和刺激帶來的過癮和涼爽，把酷熱全都驅散淨盡。

魚蝦之樂

魚蝦蟹蠔各自有其生存方式和價值。所謂有用無用、長得醜、傻、笨、討厭、惡毒等，都是我們人類對牠們妄作判斷而成的屬性。「子非魚，安知魚之樂？」牠們自己有存在的法式，只是不幸落入與人類交往的世界裏，相互觸碰後產生了價值判斷。冬日裏當八爪魚被我們抓到，自衛地噴出墨汁，試圖擺脫敵人。當我們下手捉牠，牠用爪上強力的吸盤吸住我們的手臂，以為可以殺死我們。我們稍覺痛楚，把牠拔掉，發出「啪啪」響聲，覺得好玩，隨即笑牠螳臂擋車。除此之外，那些螃蟹、鱸魚和雞泡魚，在文人筆下都可以成為寓言故事，譬喻社會，領悟人生。

很多年後才想到：魚若有靈性，該怎麼看我們人類？大概不外乎自私自利，爾虞我詐，忘恩負義，不一而足。有多少人能如《列子》所載的那個無機心的人，到海上去，海鷗紛紛下來與他親近？白鯧也看出孩子們沒有機心，自由暢泳之餘，也會過來親近我們。我想是因為牠們保存了童心，懷著童心去與無邪的童子交往。後來我們長大了些，童心漸失，從此再也沒有白鯧親近我們了。

海上飄流記

海灣的早晨

寒風凜冽的大清早，正大街海灣酒家的廚房正是熱氣騰騰在蒸點心。大概五時左右，師傅剛開爐不久，我們兄弟便匆匆穿過空無一人的大廳，直奔廚房，打開層層疊起的大蒸籠，取出糯米雞、排骨飯、大飽等能管飽的食品，熱熱的吃了；再取一些打包，父親付了錢，便一同趕到蠔場，扛上竹篙、蠔箝等，直奔海旁，涉水，上船，起錨，隨著嚨嚨的馬達聲，朝蠔塘出發。大約三四十分鐘的航程後，停下船，隨即開始一天的工作。出海工作要按潮汐而行，五時出發是「水頭」即農曆每月的二十六和十一左右，越是往後，到「水尾」時，出發時間便越往後推。初一、十五的潮漲潮落的幅度最大。「水尾」時水流急，且潮落的時間短，工作時間隨之縮短，因此到了初四、十九左右——稱為「不著流水」，便不能出海，要待到下一「水」再去。我們就這樣周而復始的按潮汐循環出海工作。

小村裏的大風暴

我們蠔民從小便經歷過無數的風浪。小時候讀書不多，哪裏曉得風浪可以譬喻政治人生？我們所經歷的是實實在在的，時刻威脅著生命的風浪，並無寓意。後來多讀了些書，回看舊事，才開始杜撰，加入哲理思考。

颱風固然是每年夏天的自然災害，但平時也經常遇上不測之風雲。我們村裏沿海建屋，今日地產業之所謂無敵海景，對於我們是平常不過的景致；但每遇風浪來襲都是首當其災。颱風多以西北風起始，來得急促，風力最猛。我們村面向的大海的方向正是西北，因此受災最重，故必需防患於未然。山上的警署的一個重要作用是懸掛風球信號，主要為漁民和蠔民及時提供颱風信息。除此之外，我們蠔船上必備的收音機，除了用以「竊聽」大陸頻道和收聽香港、澳門的電台廣播以解悶之外，收聽颱風消息便是主要的功用。當然還要依靠「家學」——即觀測天文、水流、風雲、氣壓等的功夫，以預測和評估風暴的形成、走向和威力。

風暴到來前便要「走艇」。由於村的位置向海呈全開放格局，最怕大西北風。走艇的目的地有二：一是元朗涌，即元朗市流出后海灣的河道口；二是白泥村。二地均處於涌口，有堤壩或灣岸防波。我們的蠔船在那裏下了錨，插上竹篙，把船拴緊，停泊好，便坐車回家；一、兩天後待風暴掠過了便坐車去把船駛回來。每次走艇，我們兄弟都頗興奮，可以在浪濤中遊艇河，不用工作。尤其把船開到元朗，很有新鮮感，因為平時都是坐車去的。當下水用腳把船錨往泥裏壓下時，那些惡臭的黑色淤泥冒出的氣泡，一個個在面前爆開時的那種令人作嘔的氣味，至今還能聞到。完成這厭惡性的程序後，我們沿著防洪渠口穿過横洲，冒著風雨，走到谷亭街搭十四座。濕透的身上還帶著些餘臭，與平日穿著光鮮到元朗，頗為不同；車上的其他乘客有的投以奇怪目光，有的掩著鼻子。

海上飄流記

「走艇」是在可預測情況下進行，但很多情況是不可預測的，要與驚濤駭浪硬碰。一定要靠經驗和應變能力，稍一不慎便會葬身大海。那年就發生過這樣一個有驚有險的故事：我們兄弟四人駕船出海，幾乎覆沒，父親滿海尋找不獲，擔憂得快要昏厥過去。

那是一個晴空萬里的夏日。我們照常出海工作，但天象瞬息萬變，往往殺個措手不及。父子五人，駕著兩條蠔船，機動的大船拖著人力撐行的小船。父親在小船上，被放在近岸處工作，我們繼續駕著機船開往蠔埔的盡頭，也是最深水處採蠔（我們稱為摸蠔）。二船相距頗遠，只能見到小小的船影和人影，喊破喉嚨也聽不到對方，也沒有任何通訊設備。我們用最長的、約五六米的竹篙插入海牀的泥裏把船定好位，然後下水。四兄弟此起彼落，潛到約有兩人水深（約三、四米）的海牀下，把深藏其中的蠔一個一個扔到大艙裏去。好一會兒才裝滿三分之一。

忽然，漫天昏黑，刮起了大西北風。我見勢頭不對，便上水叫大哥、二哥和四弟趕快上船，準備開到近岸處與父親會合。但天不待人，很快便把黑幕拉上：暴雨、烏雲和狂風，如千軍萬馬，撒豆成兵般殺到，轉瞬間我們被團團圍困著，密集而急速的雨箭射到身上，只覺疼痛不堪。風雨聲中，面對面說話也要大聲喊，視線模糊起來，更不可能見到位於遠處，原來依稀可辨的父親和他的小艇。

很快，我們與風浪展開了一場追逐戰。當天色還沒變黑時，我已認準了刮的是西北風，只要順著風向行駛便至少能夠快速地回到香港界的淺岸去。可是實際上卻不是這樣，而是越駛越遠，因為風向在黑暗中不由分說地改成了大西南！雖然看不見，但我意識到風向改了。然而決不能向淺岸方向馳去，因為如與風向呈九十度角行駛，不到五分鐘船兒就必定被打翻。我想起父親教過「梹豆腐」式行駛，那是採取與風向呈四十五度角行進，開一小段後，轉換成另一邊向前的四十五度角，如是者曲折而行。這個方法可以逆浪而進，也可順浪而行，危險性會減低。於是在暗黑的天幕下，滔天的巨浪中，由我掌舵，開始「梹豆腐」。然而風浪實在太大了，兄弟們都張皇失色，把身子趴下，雙手緊握船舷能借力處，只管保住平衡。我高聲喊：「大家用力握緊，千萬不能掉到海裏去！」由於船艙裏有蠔，為了減輕重量，我們忍痛把一些蠔扔到海裏，繼續航行。蠔船與風浪呈四十五度角顛簸前行，據風向推定，一直是朝著大陸那邊的沙頭進發。我心知不妙，必須將船頭轉過方向，取向東的那個四十五度角前進，但又怕風力太強，拐彎時會被打翻。猶豫了一陣子，心知時間不多，只好咬緊牙關試試，終於從中英交界的燈柱旁駛過，僅僅沒有越境——我們見到的燈柱的東面是香港。雖然沒有非法進入大陸邊境，同時也保住蠔船沒有沉沒，但燈柱所在是大陸運輸船航道中央，水位很深，在巨浪中翻滾的小船一旦沉沒，後果不堪設想。於是繼續步步為營，往香港界這邊乘風刷浪，在漫天暴雨中緩緩前進。

再開了約有二十分鐘，終於到岸了。當感覺到螺旋槳攪起水底的濁泥和蠔殼，便知進入了淺水區。那時天色轉清，浪也稍為平靜，但雨水還是傾盆而下。兄弟們緊握船舷的手也累壞了，這時才敢漸漸放鬆，從船艙裏爬到甲板上。放眼一看，原來我們來到了沙橋下灣。那時天色漸晚，便把船駛到淺水處，下了錨，在泥灘上涉水、涉泥而行，上了岸，到了下灣村。那時家家都早已把門窗緊緊關上，那些狗也沒有向我們這幾個陌生人追來，牠們的吠聲也被風雨聲掩蓋了。我們穿過了下灣村，到馬路上坐小巴回家去。

回到家來，只見倚門苦候著的母親，不見父親。原來父親已回來過，匆匆交帶了幾句話便又冒著驚風急雨跑了出去。那幾句話大概是：「兒子不見了，船也恐怕被打沉了！」嚇得母親魂不附體，不知所措。當見到死裏逃生的兒子們回來，心裏狂喜，魂魄也回來了。連忙把晚飯弄好，讓我們吃，自己一邊燒著金銀衣紙和驅邪靈符，逐一幫我們喊驚。

海上尋子

話分兩頭：當那大西北風席捲而來之際，父親是甚麼情況？甚麼心情？原來他早已看出這場風雨的威力，但只能在淺水處的小船上舉起帽子揮動——那是海上的通用信號，不斷向我們召喚，讓我們盡快到他那裏會合。可是我們的經驗和警覺性都不足，也沒注意父親發出的信號。他只能在那裏乾焦急。不一會，雨師雷神很快用黑幕把我們分隔開來。父親更是著急，只能用帽子召喚附近其他正在回航避風的機船，把他的小艇拖回去。先回家向母親報告情況，然後急忙跑去找人幫忙出海尋人。但這麼大風大浪，誰敢去？最後找到了剛從海上回家的叉哥，他一口答應，披上剛脱下的雨衣，帶上父親到他的蠔船，冒著急風惡浪，隨著西南風方向在海上顛簸，到處巡邏搜索，而父親則一路大喊著我們的名字，早已喊破了嗓子，一邊卻是頓足長歎，驚慌和擔憂得站不住腳，快要昏厥過去。叉哥見狀，叫父親坐下，扶住船舷，説：「千萬不能掉到海裏去。」自己一邊開著船繼續搜索，一邊密切注意著父親的狀態。

在海上環繞了一個多小時後，仍無所獲，只好放棄搜索。那時風勢已轉平和，但雨勢未減。父親渾身濕透，淚水早被雨水稀釋。叉哥護送上岸，邊走邊安慰：「別擔心，吉人天相，也許已平安到家呢。」父親哪會相信，只怕凶多吉少：

船打翻了，四個兒子沒了，不知被風浪沖到哪裏去了。一路上心中想像著那種種恐怖的景象，恐怕明日海邊飄來四具屍首！那絕望的無奈令父親心如死灰，垂頭喪氣，跌跌碰碰地走回家去。

一進家門，眼前一亮。四個兒子已換上了乾衣服，正在享用晚餐。父親霎時間不能相信自己的眼睛，但坐在眼前的確實是兒子們，那種失而復得的喜悅，把一路上的愁雲慘霧和悽風苦雨都一掃而空，客廳裏微黃的電燈光彷彿變成了明媚燦爛的陽光。

遲來的擔憂

那次歷險留下的記憶並沒有隨歲月淡化，反而深化。為人子時看此事與為人父時的感受有霄壤之別。那天晚上回到家裏吃飯時，兄弟們互相談論在海上如何驚險刺激，大家都十分雀躍。母親拿著金銀衣紙幫我們逐一喊驚時，我們只嫌她煩，心裏取笑她迷信，誰又明瞭她的極度驚恐和憂心如焚？現在想來，當時要被喊驚的人，應該是她和那氣急敗壞、在海上遍尋兒子不獲而趕回來的父親。那時我們年紀小，完全感受不到父母如面臨天崩地裂般的擔憂；現在想來，只感到心裏一陣一陣的痛。只有自己當了父母，才能深深體會為孩子擔驚受怕的心情，這個時間差是永遠沒法改變的。回想起每年去參拜天后娘娘，酬謝神恩，方才明白箇中用意。

海上這場歷險記給我們有何啓發？當時只是覺得驚險刺激，而自己對於能處變不驚，最後絕處逢生還頗感自豪。此外並無寓意或人生大道理；只有到了成長後再回看才給它強加了一些勵志的象徵意義：人生所要面對的風高浪急，又豈止這些？然而當時在被風雨蹂躪的大海之中、之後，會想到這些寓意和教訓嗎？會想到父母的憂懼嗎？

狗的故事

鄉村裏家家都養狗。今人養狗作為寵物，但我們以前養狗主要是為了防盜和護衛。與狗結緣，雖有喜有悲，但卻構成童年生活中的一個永不磨滅的記憶組件。與狗的交往，也有愛有恨，但更多的是愛；而那些恨卻也造成過巨大的傷害，甚至心理陰影。那些景象，如今仍是憬然赴目。養寵物的人們，當目睹寵物離去，都悲慟不已；而我們的那些與狗的情仇愛恨，則伴隨著不少歷史記憶，彌足珍貴。

蘇絲與蘇仔

今人養寵物都會給牠們起名字，可那時養的貓狗大都沒有名字。大的叫大狗大貓，小的就叫狗仔、貓仔。那麼當牠們長大了，生了小狗小貓，又怎麼叫？那就按顏色、大小、肥瘦等叫，最常用的是阿黑、阿花等等。後來，大哥首次引進狗名，最早的是那隻金黃色的小蕃狗，名叫蘇絲（Suzy）。當她誕下了幾隻小狗，問題又來了：怎麼叫牠們？但這些問題很快便得到解決，因為存活的只有一隻，牠叫蘇仔，毛色是黑白相間。蘇仔是我們童年生活最親密的友伴，牠帶給了我們最多的歡樂。只可惜樂極而悲，有一次牠一直跑在我們前往海邊工作所騎的單車後面，當我們靠邊躲開迎面而來的大泥頭車後，牠卻來不及躲避，活活的被巨大車輪輾過。我們目睹蘇仔的慘狀，當時便崩潰了，失聲痛哭的同時，指罵著揚塵遠去的泥頭車，手裏抱著奄奄一息的蘇仔，彷彿聽著牠用人話交代遺言：

「你們繼續在人間享樂吧，我先走一步，不能再陪伴你們了。」說罷，不一會兒便沒了呼吸和心跳，身體僅餘的掙扎力度也隨而鬆弛，體溫也漸而消失了。就這樣，蘇仔這位摯友至親便與我們永別了。

可憐的蘇絲還在家裏呆呆地等著兒子回來。只見到我們抱著蘇仔滿身鮮血的屍首，不禁撲上來看，「嗚嗚」地叫，痛苦地啜泣、哀號，那可是喪子之痛啊！畜牲也有人類的偉大母愛。

葬了蘇仔，木製的墓碑上寫著「愛犬蘇仔之墓」。此後多年，一直在想念牠，想起牠如何跟我們一起去登山涉水，我們去哪裏牠一定跟來：去游泳，滿是海水濕透；出泥灘，弄得滿身是泥。還有幾次我們出海工作，牠游泳追我們那艘逐漸遠去的艛船，游到深水處，一直追，我們央求父親，父親沒法子，最後把船往回開去把牠接上船，讓牠陪我們一同出海工作。

牠們母子雖然個子矮小，但守護家門都是最落力的。凡有陌生人路過，牠們都凶狠地追出去狂吠，甚至出口去咬他們的腿，嚇得他們落荒而逃，以後也盡量繞路而行，不再經過我家門前。這些生活片段，並沒有寫在「墓誌」之上，因為那時讀書少，根本不知此一傳統，也沒有這種文學修養。雖然沒有文字記載，但那些片段卻永遠刻寫在我們的回憶裏。

大狗和牠的孩子們

蘇氏母子的年代，大狗已是步入晚年。大狗大約活了十八歲，相當於人類九十歲。牠與我們的感情更深，只是那時我們太小，沒有跟牠每天奔跑嬉戲的機會。到牠老了，卻嫌棄牠，甚至稱牠為「老怪物」，實在很不「孝」。

大狗的青年時代正值我出生至孩提的幾年。那時牠芳華正茂，吸引了不少追求者。很奇怪，那時真不知道附近竟有那麼多狗公，每到發情期，這些求偶者從四面八方聞風而至，每天把我們家圍得水洩不通，嚇得我們都不敢出門。父母和大哥每天趕狗，打走了一羣，不一會又回來，愛慾本能力量確實強大。到蘇絲成為眾狗公求偶對象時，弟妹害怕，我和二哥負責驅趕，也趕不走。到來求愛的狗公之間也會不時動武，勝者便贏得美狗歸，享受歡快。當牠們成事，弟妹一邊哭著跑來告知，覺得蘇絲被欺負，於是我們想方設法分開牠們，其實是破壞他們的好事。有時用棍子打，有時用鹽水潑在牠們相交之處，有時甚至流血，狂吠，哀號，場面慘烈，為的只是不讓蘇絲受委屈。殊不知那是動物本能，是傳宗接代的必由之路。後來回想，我們那是違反大自然法則。

交配期過後便是生育。生育後又演出一幕幕慘劇，那些可是控制「狗口」的最佳方法。據說，正值哺乳期還沒開眼的狗崽子最是滋補。我們兄弟之中，我的體質最弱，自然成了這味補品的最經常受用者。可是我就是不能接受殘害生命。母親深知我們溺愛小狗，便想出法子，選在晚上我入睡後下手。當那些初生的小狗正在努力吮吸母狗豐滿的乳房和乳頭的奶汁時，母親把牠們嫩紅色的小嘴「啪」的一聲拔出，每次拿走兩隻，先餵小狗燒酒，小狗誤以為是奶汁喝了下去，很快便睡下了。母親把處理乾淨的小狗放進布袋裏，跟預先在大昌堂配好的中藥材，一同再放進燉盅裏，用文火燉幾個小時。完成時，正是深夜至凌晨時分，母親把布袋拿起，用銅勺子反覆壓榨，讓湯汁留在盅裏。然後把我叫醒，把湯汁一匙一匙的送進我嘴裏。喝完了，還打開布袋，用筷子小心地挑狗肉，一箸一箸地往我小嘴裏送。吃、喝完了，便讓我在迷糊中繼續尋夢去。如是者，一胎四五隻小狗便悄無聲息地解決了。我們放學回來找小狗玩耍，卻早已狗去窩空。只見大狗每日用自己的爪子抓地，母親說牠在召喚小狗回到自己身邊來。我們問小狗哪兒去了，母親說：「送給人家了。」後來漸而長大，對夜裏被餵食補品的經過的知覺和記憶漸而清晰，才知道已經吃過不少小狗。知悉真相後堅決拒絕再吃。母親無奈，只好作罷，但一窩小狗成長起來怎麼辦？

索狗佬來了

另一個使「狗口」銳減的方法由政府執行。一九六〇至七〇年代是香港狂犬病的高峰期。狂犬病俗稱瘋狗症，當狗隻染上此病，會失去理智，到處咬人，而被咬到的人會患上此症，嚴重的會致命。因此那些年政府不定期派出漁農處人員到各村莊捕捉流浪狗。那個年代鄉村裏的狗，哪會向政府登記領取狗牌？因此，人員在街上路上，見狗便捉，然後送去人道毀滅。

那些人員，我們稱為「索狗佬」。他們開來的車叫索狗車，一組約五六人，每人手裏拿著特製的捕狗器具：一支約兩米長的鋼管，管內穿上金屬繩索，手上一端是配合手形的環狀把手，向外的一端是一個大圓圈，用以套在狗脖子上，一旦套上了，只須把手上這一頭的把手一抽，便把狗牢牢索住，動彈不得。因此，當索狗佬一到，街上立即雞飛狗走。村民們擔心自己的狗被捕，慌忙趕狗回家。

那些等不到主人來疏散的狗，努力而凶悍地向索狗佬暴怒狂吼，張牙舞爪；但只消一會兒的功夫，索狗佬便輕易地把牠們拘捕，送上囚車，送去人道毀滅。負隅頑抗的，就遭到不人道毀滅：狗頭被索住後，頑強不屈的狗用盡氣力扭動身體，弄得頭破血流，脖子也快要折斷。拼死抗爭的下場是橫屍街頭。

對於索狗佬，我們除了害怕，更多的是仇恨。當狗主人來到現場，眼見自己的狗被索，在地上掙扎，有的苦苦哀求，有的破口大罵，不管怎麼解釋說那不是流浪狗，自己是狗主，沒有半點兒作用。索狗佬奉命行事，見狗即索。據說當年還發生過村民與索狗佬打鬥事件，出動了警察調停。後來索狗佬執行任務，都有警察護航。

所以，每次聽見「索狗佬來了」，我們便飛奔出去把自己的狗帶回家，關起來。

裕和塘的狗

小時候最愛去位於正大街的裕和塘大酒家玩耍。那次去玩遇狗，險些送了性命。

工作關係，我們經常要去裕和塘酒家。我們每次出海作業都要先到裕和塘酒家開出「許可證」，此手續名為「出標」。那「標」的作用是讓蠔民合法地到后海灣裕和塘作業。裕和塘是蠔塘的最大業主鄧氏的蠔塘，我們租用其地，出海前都要去裕和塘酒家這個辦事處出標。父親經常叫我們去出標，我們不太願意去，說是怕狗，因為那裏養了很多狗，有唐狗，也有狼狗，負責守衛。我們到裕和塘酒家的另一個任務是送貨。我們在街上賣蠔，客人付了錢，吩咐送到各酒家去，其中裕和塘是我們最不願意送去的，也是因為怕狗。

守衛的主管名叫跛天，圍頭人，也姓鄧。我現在還記得他的模樣：永遠是穿著一套黑色的唐裝衫，一雙長度及膝的黑色塑膠水鞋。這一身穿著，襯上他那黝黑的膚色，尤其凸顯他那一臉凶光。他的不友善也標誌在他那頰上的黑痣，痣上有毛，說話帶著濃厚的圍頭口音。每次見到他跟父親說話，都會遷怒於父親——為什麼還跟他說話！為甚麼記得如此清楚，如此的憎恨？因為他幾乎要了我的小命。

裕和塘酒家出名的除了是它的海鮮美食之外，還有它的設施。酒家佔地甚廣，有半片山頭，林蔭庭園，鳥語花香。對我們小孩子來說，最吸引的就是那遊樂場設施，那裏有鞦韆、氹氹轉（轉椅）、滑梯、馬騮架、乒乓球桌等。這些都是為酒家客人提供的，當然不讓我們這些本地孩子進去玩。可是它們實在太吸引了，孩子們常冒著被跛天驅趕、大罵甚至毒打的危險，翻越圍欄進入遊樂場去玩耍。我是當時這七八個孩子中最小的，跟著二哥，爬進去玩。正享樂間，往往被一聲「跛天來了，快跑！」驚破好事，拔腿便跑。「跛天」之名曰「跛」，行動不太利索，往往追不上，我們經常輕易逃脫。可是那一次又一次的犯禁、逃逸，惹惱了他。他看著我們攀籬而逃，口中大罵道：「#&%！？·@%ß^*（髒話），下次我一定捉住你們，送警察局去。」

跛天的形象幾乎成為我小時候所理解的「邪惡」的全部內容，至少那幾年如此。

有一次在裕和塘遊樂場正玩至得意忘形之時，眼前一羣大狗向我撲來。那不是一場噩夢——我倒願意它只是一場夢。其他小朋友正驚慌奔走著，也許是「狼來了」玩得太多，這回狼真的來了，我還當是被捉弄，只看著他們跑的跑，攀籬笆逃的逃，我卻不在意，跟在他們的最後。直至他們從遠處指著我背後大叫「快跑」，我這才回頭，見到跛天驅趕著一羣大狗，磨牙吮血，隨吠聲震天撲地衝過來。我連害怕也來不及，已被大狼狗撲倒在裕和塘大門口的地上。站在後面的跛天大喝：「咬死他，#&%！？·@%ß^*。」只見羣狗齊上，有的在追那正在逃跑的孩子，有幾隻則因利成便，加入大狼狗戰陣，一同來咬我。其實不能叫戰陣，因為我全無還擊、逃躲的能力。

原來狗也有惻隱之心。牠們咬了幾口，見我沒有還擊，只是倒下，便自行退兵。我朦朧地見跛天帶著狗收隊的背影，此後眼前便是一片黑幕。驚嚇加上受傷，全身無力，衣服褲子都被狗牙和狗爪撕破，身上到處傷痕，昏倒在地上的血泊中。街坊們見狀，有圍觀的，也有跑去我家報信的。

不知躺了多久才有救。朦朧間感覺有人一邊哭，一邊罵「跛天不是人」，一邊把垂死的我抱起。那叫罵聲和擁抱，形成一股熱流，是至親的人發出的，雖然那時知覺甚微，我卻感應到她的這股熱流。對了，是母親，母親來救我。她一邊顫抖、一邊啼哭叫喊、一邊抱我回家，直至把我放在牀上。這一路上，我的脈搏與她相連，我的鮮血沾滿了她的身上；我的傷口流血，她的心裏也流血。

從氣息奄奄到漸次醒來，到康復，不知多少天過去了。那些天，半夢半醒之間，腦裏總是浮現著大狼狗張牙舞爪向我撲來的一幕。每每驚醒大哭，流冷汗。媽媽急忙過來幫我喊驚：拿著一疊冥鈔、金銀衣紙，把我扶起，叫我往衣紙上吐口水，然後燒火，在我面前，迴轉幾下，再把衣紙放到火盆，一直口中唸唸有詞。母親說我招惹了惡鬼，喊驚是要幫我定驚，把惡鬼從我身上驅走。

不知是惡鬼被驅去了，還是我自然康復了。這大狗撲殺的場景在腦海出現頻率下降了。我也從怕狗轉變為仇狗。以前是怕狗追我，後來是向著追來的狗羣還擊。我發現狗只是仗其氣勢，一羣狗最惡，一隻狗就不敢惡，只是虛吠幾下。你怕牠，牠便追來，你還擊，牠比你還怕，變成喪家狗、落水狗。後來我連一羣惡狗也敢還擊，牠們見我頑強、不怕，竟然一同退下，且退且吠，節節敗退。

仗義每多屠狗輩

我自從不怕狗、打狗，後來竟至於殺狗。不過並非肆意殺生，而是為民除害。而且操刀殺的並非我們；我們負責捉狗，因此是幫凶。

那時村裏的流浪狗增加至不可忍受的程度。當瘋狗症不再肆虐，索狗佬不再來，當我們拒絕吃燉狗仔，當來自四面八方的求偶狗公不斷增加，這些因素都令狗口激增，社會秩序受到影響。無家的狗為了維持生計，會到魚欄、肉檔、酒家，甚至街上棄置垃圾堆亂翻，弄得本來已是臭氣薰天的垃圾更是烏煙瘴氣。牠們也不時會到人家或商鋪偷吃甚至搶掠，弄得神憎鬼厭。狗變成了過街老鼠，人人喊打。當中有一隻黃狗，最是討厭。牠面相瘦削，有皺紋，看去像猴子，我們給牠起了個綽號，叫馬騮頭。

起初，我們只想設計懲戒馬騮頭等，但後來忍無可忍才設法搜捕。小寶最擅長玩惡作劇，在流浪狗常出沒的灰窰一帶設陷阱，接通高壓電的鋼板，還有電油桶內燃放爆竹等。那些都是虐畜行為，但那時尚未有此條例禁止，即使有也抓不到人。後來，我們交蠔的油蔴地金島酒家，有客人想吃狗肉，又正值馬騮頭為首的流浪狗作惡最盛之時，我們便有了新任務，負責捉狗。捉到後交牛哥，由他處決和屠宰。我們送蠔去九龍時也順道送狗肉。有一次，可能是死狗顯靈：小巴一煞車，兩個狗頭跳出水桶外，在小巴車廂內滾到最前面兩位警察先生的腳邊。我和二哥害怕起來，因為香港早在七十年代已立例禁止吃狗肉。幸而警察只看了一眼便下了車。我們倆揑了一把汗，馬上跑去把狗頭撿回來。

雖然流浪狗作惡多端，但害了牠們性命，始終於心難忍。有時夜裏做惡夢，夢見牠們已被去毛的光滑身軀，喊著「還我頭來」，往往半夜驚醒，冒冷汗。因此，當馬騮頭伏誅後，我們再也不捉流浪狗了，而金島酒家的狗肉供應也就停止了。

人狗情未了

與狗的交往，與其他物種不同，因為狗最有情。牠們自古便成為人類好友，忠心耿耿。蘇仔的降生成長，曾給我們帶來無限的歡樂。即使是攻擊我的那些敵狗，也有惻隱之心，見我倒地，沒有跛天的指令便已停止進攻。就算是馬騮頭牠們，雖然到處搗亂，討厭至極，後來想想：牠們何嘗想淪落至此？只是為了生計，鋌而走險；假如生於富貴人家，或有人收養牠們，也不至於此。因此，處決了牠們，令我心裏一直覺得不好過，懊悔了幾十年。畢竟，狗是最有情有義的動物。

人蛇

是人？是蛇？

「人蛇」一詞是香港的某時代產物。今日提起這個詞語，大概只有中年以上的人們才知道它的意涵。本篇所述關於人蛇的一些故事，更有著其獨特背景和意義。

為甚麼把人稱作「蛇」？這個構詞的源起，很難深究。且試作臆解：從字面意義看，由於那些人要逃跑，怕被發現、逮捕、處罰，甚至關進監牢，因此出行時總是愴惶逃遁，行動形跡有如蛇一般在草叢、泥沼、洞窟等，以油滑的胴體蠕動鑽營，不動聲色地躲過監視，逃竄前行。另一個解釋是：人如蛇般，把身體屈曲，藏在船艙或貨車暗格內，避過檢查，偷渡過境。因此這個行為又稱「屈蛇」。但溯其源，知「屈」字的動詞施行者是那些「蛇頭」，他們通過屈蛇謀利。當人蛇到達目的地後，又有當地的蛇頭接應、分發。而那些沒有經蛇頭手而到達的人蛇，到港後不少會被「打蛇客」捕獲，美其名為收留、幫助，但其目的是獲利。於是，「打蛇」便成為當時的一種新興而收入甚豐的非法勾當。

人蛇出現的背後是頗為複雜的景象。筆者的認知範圍裏分別有兩個相隔二十年的歷史場景：一九五八至一九六二年，從大陸偷渡來港的，不叫「人蛇」，因為此詞尚未出現。到了一九七八年那次「大放」，我們村裏一般稱這些人為「蛇」；而「人蛇」一詞，大概是那個時候由那些有文化的人的口中筆下造出。後來，又有「非法入境者」、「偷渡客」等詞；再後來更以英文「I I」稱之，全寫為 illegal immigrants。

人蛇的出現是時代的悲劇。他們當中成功來港的構成了香港人口的一個重要成份。他們開展新生活的艱辛而有幸與不幸的歷程，多不為外人道；但對於他們如何由人變蛇，經蛻變而成為香港人繁衍後代的歷程，我們卻了然於心。

餓殍遍海的大逃亡

一九五八年標誌著人蛇大批來港的第一波。據那年來港的父親口述，在大陸，每天「四両米二錢油」的配給，是促使他帶著母親和大哥逃跑的主要原因。那時的用詞是「逃亡」，從這個詞的詞義即感受到那種瀕臨於生死、迫於求存的掙扎才作出的抉擇。試想：如果生活安定舒適，誰又甘心捨棄家園、父母、兄弟、朋友，以及生於斯長於斯的故地，而鋌而走險？

那個月黑風高的晚上，父親在南山石礦場打石期間逃亡。他們這些幹體力活的，那四両米二錢油不到半日便消耗淨盡，餘下的半日便是餓著肚子工作。飢來驅我去，實在忍不下去了。趁著天寒地凍，海岸哨兵守衛鬆懈，攜同妻兒，與毛叔及其家小，「借用」小帆船，順西北風到達了對岸燈火光亮的流浮山；登岸後駕起風帆，綁定船舵，讓無人駕駛的小船自己回航，還給了生產隊。從此，父母在香港開展新的生活。

後來稽之史冊，方瞭解到一九五七至一九六〇年間的歷史。大陸正值「大躍進」、「三面紅旗」運動，發生了幾年大饑荒，引發了大規模的逃亡潮。父母能借用帆船渡海算是幸運；據說當時游泳逃亡而半海凍死、淹死，或是被尖銳物件割傷流血不止而死的，不計其數。屍首隨海漂浮，從深圳河口至后海灣，浮屍滿海，白骨無人收。那屍臭薰天，至今仍能聞到。

「蛇」來了

一九七八年的「大放」之前已陸續有人蛇橫渡后海灣而來。那時大概對岸守衛森嚴，要跨越還是十分困難，但也有不少成功的；而更多的是葬身大海魚腹之中，或隨波逐流，亡魂無主，不可勝數。當時流行著兩句童謠：「順風順水，一路駛到爛角咀。」爛角咀又名爛甲咀，是屯門龍鼓灘附近突出的半島。童謠表達了蛇船順利越境來港的願望。父親說：爛角咀是荒山野嶺，改為大角咀更好，最好是尖沙咀，那都是香港的繁旺地方，大吉大利。

早在一九七〇年代初、中期，我們便與人蛇打交道。那時我們隨父親到虎草村山下海旁工作，時常偷懶，一同跑到山上去，有時會撿到鴨蛋——那是養鴨戶的鴨子跑到山上去下的蛋。但有時也會發現人蛇在山裏更衣後餘下的物件，有用車輪內胎製成的游泳褲、塑膠吹氣枕頭、止血散、萬花油、替換下來的衣物等。我們很好奇，把它們帶回去研究。父親說那是一條蛇留下的。初時以為蛇成了精，因為蛇只會蛻皮；後來聽著便明白，學會了這個新名詞。其後時不常又發現類似的「蛇蛻」物件，知道又有成功登岸的蛇，只是還沒遇上過這種活蛇。

不成功的蛇，我們也見過不少。他們的遺體，有的在海上漂流，有的被沖到岸上，有的腫脹發臭，有的肚皮被蠔殼割破，露出腸臟，蒼蠅在上面嗡嗡地邊叫邊盤旋，時而降落用餐。那種種兒童不宜的場景，我們這些兒童早就見慣了。雖然如此，每次看過後總免不了夜裏做惡夢驚醒。海邊的魚腥味時常混著屍臭，隨風飄至。「啊，又有鹹魚了！」孩子們爭相通報。鹹魚是粵語裏屍體的代稱。

當打蛇尚未成為新興行業，我家已救過不少「蛇」的性命。印象最深刻的一次是母親的憶述：那年冬天，北風怒號，家家早早就緊關門窗，躲進暖暖的被窩裏，進入旖旎的甜夢中。對岸的哨兵也是人，同樣怕冷，不願巡邏，造就了逃亡的最佳時機。那條蛇越過防線，溫熱的身軀往冰冷的海水裏一跳，彷彿聽見

「喳」的一聲。那一跳，改變了那蛇的一生。

「砰，砰，砰！」幾下有氣無力的敲門聲驚醒了半睡的母親。戰戰兢兢地去應門，卻沒聲息，母親更加害怕，但還是鼓著勇氣慢慢把門打開，不見有人，嚇了一跳，以為是那些髒東西。正想關門之際，腳下有人有氣無力地說：「救命！」低頭一看，只見那人面無血色，兩唇發紫，手腳僵硬，如不作聲還以為是一具屍體。母親連忙叫熟睡的父親幫忙救人。二人合力把僵直的蛇抬進客廳，燒了熱水，找來冬衣和棉被，煮了些食物，總算把他從鬼門關拽了回來。

這條不速之蛇是那時少有的成功逃亡者。此後陸續有來，主要是因為我家位處海旁，較便利登岸之故。父母救過不少蛇，但當靈蛇出洞後絕大多數都一去不返。只有兩條例外：其一後來在青山道當了酒樓部長，每年都來探訪父親。還買來冬衣送他，說是給他「頂冷」，因為他獲救時捱過冷，也知道父親冬天要出海工作。另一條蛇卻大不一樣。父親在裕和塘酒家門前賣蠔，他來到父親跟前，父親抬頭一看，認得他，但先不說話。此人來買蠔，父親只管低頭開蠔給他。這時此人沉吟半天後方發話：「阿伯，你好熟口面啊。」父親此時才告訴他那個寒夜裏，此人（當時是蛇）在我家門前幾乎沒命的經過。對方竟說：「有點印象。」表情顯得不自在。便急忙付了蠔錢離去，從此絕跡。他那次回來，帶著家人，大概是要告訴他們自己來港的經歷，但卻不提救命恩人。

這些善忘的蛇當中，印象最為深刻的是那位叫佑才的。據說他是我們家的遠房親戚，遠到連父親也從沒聽說過。這層早已湮沒的關係，成為佑才的求救信號。那天晚上他登岸時，小腿被蠔殼深深的割了一刀，正流血不止之際，有人急敲我家的大門，告知某親戚如此如此。父親飛奔到海邊把他背了回來。其實，即使不說是親戚，父親也一定會照樣去救。之前的那些蛇，不也是非親非故，都是來者不拒嗎？救命之餘，還供食宿衣物，然後一條條送走。

佑才在我家客廳架起的尼龍牀一躺就是三個月。他在港有比我們更親的親戚，卻一直沒來把他接走。起初的十天，他只能臥牀，接近昏迷狀態，我們總怕他會死在尼龍牀上。父母每日幫他換藥、洗刷、更衣、餵食。由於不敢帶他看醫生，父親用土方法給他醫治：把生薑擣碎，用燒滾的油在鍋裏一炸，炒動片刻，暖暖的敷在傷口上。其後傷口慢慢癒合，有了精神，寂寞沉悶之餘，便開始跟我們說話，聊了很多我們從未聽過的事物，我們很好奇，每日在聽，漸而成為好友。怎料這只是一廂情願，住了三個月後，忽然一天他的親戚來電，把他接走了。從此佑才只留在我們的記憶裏；他自己恐怕早已把這段經歷忘得一乾二淨。

救蛇與打蛇

父母的拯救行動，與打蛇客的活動形成了強烈對比。兩者都是幫助人蛇，但動機不同：一是人道主義，一是金錢主義。而二者都為法律所不容，按道理，犯了法就應伏法，因此我們是違法救人，隨時惹上官非。雖然如此，但總不忍見死不救。

最危險的一次是在半海救蛇。那個下午，我們父子五人在尖鼻咀對開燈柱附近的蠔田作業，忽然有四男一女抱著吹氣枕頭朝著我們的蠔船，拼著半死不活的命游過來，到達時有些已體力不支，載浮載沉，臉色蒼白，哀求我們搭救。香港水域有兩艘水警輪長駐在流浮山海面中港交界處，但由於距離較遠，天色不清，警察大概沒有見到他們上了我們的船。父親叫他們躲入船艙甲板下，把我們的乾衣服都給了他們，也把我們的糯米雞、蛋卷、寶力多等供他們充飢，保住溫飽；而我們就捱了一天的餓。直到黃昏，回航時準備登岸。

天黑了，我們與香港水警開展了一場海上競賽。我們的蠔船裝載著那五條蛇往回駛時，忽然水警輪從後追來，船頂上閃亮著刺眼的藍白色轉動的警報燈，並用兩個巨大的強力射燈照著我們，同時高聲廣播，不斷重複說：「前方蠔船，立即停航，接受檢查！」正高速駛向我們之際，父親不理，反而把引擎開到最快，死氣喉冒著白煙，拼命飛馳。如果一旦被截停便人蛇並獲，百口莫辯，警察決不會相信我們在救人，一切表面證據都顯示我們在屈蛇。那一刻回想：下午那些蛇登上我們的蠔船時，警察可能一直都在監視，只等我們回航時抓人捉蛇。他們有紅外線望遠鏡，白天夜裏都看得清楚。

這場競賽，我們竟然贏了水警輪。我們的蠔船排水量比水警輪小，在淺海馳騁，速度雖遠比不上對方，但幸好及時到達水警輪到不了的淺海。警察也許沒料到居然追不上我們，只好停在那裏，不斷在閃燈、照射、鳴笛和廣播，整個灘頭頓時光如白晝，喧囂震天。我們到岸後，連忙下錨，父親跟蛇說：「留在這裏勿動，稍後有人來接應。」我們父子便在刺眼的射燈下和嘈吵的廣播中拔足飛奔上岸，取道泥灘逃走。雖然水警沒有下水涉泥灘追來——即使追也不會追得上我們，因為我們是行走泥灘的專家。可是，我們恐怕水警會通知陸警沿著正大街下海來攔截，沿正路必定會迎頭碰上。必要時，警察可能會向我們開槍。至於那幾條蛇，就只好交給蛇頭了。蛇頭為了錢，敢冒險去我們的蠔船，坐享漁利。他們待夜深了，水警遠去後下去接蛇。

打蛇的收入相當豐厚。蛇頭多是當地不務正業的人，而且多是黑社會。當中不少每晚到海邊巡視找蛇，找到了，把蛇關起來，打電話給他們在港的親人，要贖金，從幾千到幾萬元不等。因此，我們給蛇頭的這筆生意，他們自是歡喜萬分；而我們呢，原意是救人，分文不取，自己捱餓受凍不說，更要身陷險境，幾乎被捕。那天我們兄弟都揑了一把汗，驚魂不定了頗長一段日子。

蛇船入港

大人們把一九六二年的逃亡潮叫作「大放」；而第二次「大放」則在一九七八

年。海上雖常駐著水警輪，但不知何故，大陸的漁船、蠔船和中小型運輸船卻可以自由出入。近岸一帶的景觀忽然變了，泊滿了這些非本地船隻，船頭掛著「宝安XXXX」的船牌，後來又多了「深蛇XXXX」的。那時的人蛇大批大批的來，而且來得大大方方，因為流浮山當地的警察並不抓捕，大概是分不清哪些是「雙程」，哪些是「單程」的吧。我們的那批堂兄弟姊妹便是那時到港的，乘著他們生產隊的蠔船，登了岸便移了民。

那些並非蠔民或漁民的人，如要來港就至少要當兩回人蛇。首先在大陸由蛇頭安排，輾轉上了船；到港後，又被本地蛇頭打蛇捕獲，再安排在港親人交贖金接走。當然也有不少自食其力，在大陸翻山涉水，避過解放軍，渡海越嶺到港避過啹喀兵和警察，最後分文不花而成功移民。但這一類為數甚少。

我家雖不是以打蛇為業，但接待過不少人蛇。原因還是一樣：救人。有一晚睡到半夜，起來要去小解，忽然發覺身旁躺著一個不認識的孩子，吃了一驚；

下牀時，地上沒處下腳，發現橫七臥八都是人！我和二哥同住的這個小房間，忽然多了五六個陌生人，都是十來歲的小人蛇。早上起來，卻全不見了。啊，原來是做夢；但很快便發覺不是夢，因為那天我和二哥都上不了學。找遍了衣架、衣櫃，平時起來立即換上的校服全不見了，書包也不翼而飛。慌忙去問母親，方知原委：昨晚有蛇船靠岸，把一船大小十餘人卸下便離去，這些人一時無處棲身，天寒地凍，饑渴交迫，父母照舊為他們提供衣食住行。

「行」是最頭痛的事。首先，我們幾兄弟的校服，新的、舊的、後備的，全數讓他們穿了。一大早便背上我們的書包，假裝成學生，坐巴士「上學」去。車開到長期設於沙江圍的警崗時，警察上車檢查，一見全都是「學生」，不查身分證便放行了。我們這些真學生卻因為沒了校服、書包而曠課。小人蛇如此「過關」；大人蛇則父親帶路，從榮真學校對面山路入山，跨越荒郊、樹林、水塘和斷崖，避過惡狗、毒蛇、蜘蛛和毒蜂。新聞報道說過，那山區還出現過老虎，到農場裏吃豬。父親領著路，翻了幾個小山峰，從厦村出來，已是遠離了警崗，再徙步走到元朗坐車進城。這條崎嶇山路走一趟要兩個小時，父親帶著蛇走過多次，閉著眼也認識。

「捕蛇者說」

我們「接待」過一批又一批的垂死、飢寒、可憐的人蛇。他們得到父母的拯救，不致於喪命，也沒有落入蛇頭手中要贖金，也沒有被警察拘捕打解出境，是哪輩子修來的福氣？可是這些人一旦「過了關」，一個都沒回過頭來，他們人生中的這一關，早已忘記淨盡，連「面熟」的印象也不會有，因為根本就不會懷戀這舊地舊事。他們的樣貌、名字，我們一概不知；而他們——只能如此稱呼——也從沒興趣知道我們是誰，稍有記憶的大概會記得當年來港時被一家人接應過，只當成是上天對他們的眷顧。

不認識的蛇如此，當時從蠔船上岸在我家「小住」的那些堂兄弟姊妹和親戚，也大都如此。過了河就是神仙，誰還記得叔父、嬸嬸的救助？一個個要謀職，叔、嬸都用盡心力，拉關係幫忙，最後呢？只有安哥一人，每年都回去探望叔嬸。

明知這樣，還這樣做。冒險、吃虧，都是為了救人、助人。自己呢？父母的這種捨己為人的做法，我們從小便目睹著，久之便成為「家學」。這古道熱腸，受用一生。

如今，流浮山岸邊的夜色依舊。零星的燈火聆聽著海浪的呼吸聲。父親常打趣說：從前，從對岸游泳或駕船過來，只要從黑暗處朝著光明進發，便能到達香港。可現在卻正好相反：如在海中朝著燈火璀璨處游去，就游回大陸去了。那是前海、后海經濟區的高樓大廈和燦爛繁華，我們這邊卻成了漆黑一片的窮鄉僻壤。現在還要從對岸游過來嗎？

撞鬼

粵語「撞鬼」一詞相當於「見鬼」。但用「撞」字（粵音 zong6 變調為陰上聲 zong2），更顯生動。其字面義如此，但背後卻蘊含撞鬼的因由，即所謂「時運低」、倒楣等。故撞鬼、見鬼也用來形容倒楣，其實其本義與引申義互為因果。

超渡亡靈

小時候聽父親唱過這麼一首喃嘸歌：

天昏昏，月暗暗，咁凍天時你去鬆人，做人都係太過笨呀，見天無影，見海又無人，怨恨家山唔夠運，一命嗚呼喪了陰司去遊魂。落到陰府迷失方向隨掟問，無條路程問得真，實際遇到兩個衙差捉到閻王來審問。嗰個閻君問我：「睇你年齡十七八歲，壽命未當盡，誰人叫你落嚟見我閻君？」「我為了偷渡出嚟香港想搵銀啊，唔知今晚風猛浪大注定命歸陰。怨恨家山唔夠運，一命嗚呼喪了陰司去遊魂。望你閻君大發慈悲，畀我打回民間做個好人。」嗰個閻君話：「打你回陽，千祈唔好搞搞震呀，安分守己做個好市民。」

這是喃嘸先生們在開壇超渡溺死者所歌。喃嘸歌以嗩吶（俗稱啲打）、小鈸（俗稱喳喳）、小鈴（俗稱鈴銀）和鑼鼓等伴奏。據家父憶述，這首喃嘸歌，是經他潤色增補而成。舊版所唱不外是「魂兮歸來，嗚呼哀哉」等內容，沒有道出逝者心聲。父親與喃嘸安相熟，故多有交流，促進了創作活動。

那次儀式和對談的場景，仍歷歷在目。流浮山正大街海旁欽記魚欄臨水處，退潮後送來了四具屍首。那時大陸正值文革後期，也是偷渡潮的高峰期。流浮山是這些偷渡客的目的地之一，因為地處蛇口對岸，只有一水之隔——深圳河流到此地已屬后海灣（今謂之深圳灣）。天色明朗的日子，對岸的建築物雖清晰，但不辨牛馬。海灣之北即落馬洲一帶雖河道狹窄，但守衛森嚴；流浮山自然成為熱點。偷渡者多半是年輕人，往往輕視水道中央的急流，加上海牀長滿了藤壺、貝殼的石頭和蠔田上一行一行豎立著的蠔，那鋒利的蠔殼，展露著一排排的刀刃，一旦陷入其中，便要受千刀萬剮。因此，那期間偷渡因抽筋、割傷、受寒或淹水而死的人多不勝數。

那次到來的四位均為男性，伏屍於碼頭下。據聞凡遇溺而亡，男的背朝天，女的胸朝天。他們共有的特性是死後會覓主，期望能「找」到有心人收葬遺骸。

當時的欽記，是流浮山最熱鬧的地方，因此四位算是「找」對了地方。我還記得超渡後不久，就見到「老鼠王」——即黑箱車派來的工作人員，他們用黑色袋子包裝好遺體後，抬著黑箱，熟練地穿過那擠得水洩不通的正大街離去。那天正是最繁忙的星期日，以吃海鮮和郊遊聞名的流浮山總是那樣人頭湧湧，而在這些忙於在海鮮檔討價還價的食客身邊，卻忽然有老鼠王穿梭其中，為那四位送行，平添了特別的「氣息」——那時四位的身體已發脹，並發出陣陣惡臭。粵語稱屍首為「鹹魚」，大概就是這個原因吧。

父親參與創作的那首喃嘸歌是有感而作的。他雖然沒有上過一天的學，連自己的名字也寫不出，但對於歌謠俗講頗有心得，有過耳不忘的本領，且能出口成章。那次即席創作，是有見於喃嘸先生們所唱的曲辭無病呻吟，言之無物，不能道出逝者心聲，自是缺乏感情，草草了事。父親聽畢，乃即席作歌吟唱，與先生們切磋；先生們連聲讚好，歎服不已。那首歌還有兩句「煞尾」這麼唱：「分明做個喃嘸先生出來搵銀啊，是是但但執番三幾千我又鬆人。」這當然不在儀式上唱，而是父親與喃嘸安調笑之言。

父親深明偷渡來港遇溺者的懷抱，故能道其不幸。這主要是由於自己也有過同樣的經歷，而以倖存者之心視之，更能體會亡者之情。

那時除了正大街，其他近岸處也時有浮屍漂至。我和二哥只有十二、三歲，每次聽到孩子們傳言「有鹹魚」，既好奇又害怕，跟在父親身後去看。父親去的目的是為他們做點後事。記得有一次，水警輪拖來了六具屍首，置於海旁街公廁側，等待老鼠王來收拾。父親得悉其曝曬於此，乃走到其中一具肚子被蠔殼割破了的遺體身邊，輕輕一踢他的胳膊，口中唸唸有詞——大概又是自編喃嘸歌內容，然後在垃圾堆中找來破布破蓆之類，把露出的腸臟蓋好，再向他的幾個同伴交代了幾句，才帶著我們離去。還記得那景象：正值龍舟水漲，烈日當空，蒼蠅嗡嗡嚨嚨地圍著他們，時而降落，吸吮著鹹魚，忽然被父親一腳驚嚇蠭起。我們在旁，一邊膽怯地「觀禮」，一邊張皇著，惟恐蒼蠅撲到我們身上臉上。尤其懼怕的是那種金綠色的轟炸機，張著巨翅，霑著屍臭，轟隆來襲，那可真的是「撞鬼」。

亡靈覓主

在海上工作時見到屍首就沒有條件為它送行了。父親說這些亡魂會覓主，死後會有力量令他們的遺體向有活人處進發，因此去到最繁忙的正大街。也有一次漂浮到了我家的碼頭下，向當時在上面睡覺的兄弟們佈夢求援。

聽說村裏有人在海上作業時也遇到過。夏天，我們蠔民趁著潮退作業，初一、十五前後的下午至傍晚，在淺海中半身泡在水裏「散蠔」——即把蠔一個一個插在泥裏豎立排好，不讓牠們倒下，被泥淹埋而死。散蠔通常是幾人至十幾人一字橫排地前進，每人伸手可及旁人的手，以防漏掉散落的蠔。那次，啓旺的一名伙計在散蠔時，忽然背後有軟綿綿的飄浮物，隨海浪搖曳，在他背後一蹭一蹭，彷彿在「叫」他。伙計以為是垃圾，向後伸手一推，沒再理會。誰知沒過一會兒，又回來「叫」他。這次伙計回頭一看，大吃一驚，十幾人即火速上船，不敢再下去，整個下午的工作也沒膽量再幹了。啓旺無奈，直抱怨「撞鬼」。

冬天不能下水工作，卻有另一種撞鬼經歷。冬天是收成期，我們站在蠔船的甲板上，手執由兩支長竹竿製成的蠔箝，伸到水底去「箝蠔」，深入水底的一端是鐵製的三、四齒釘耙，竹竿如剪刀交叉綁住，釘耙如兩隻手，一張一合，把蠔從水裏夾上船艙去。水深天冷，我們站在船邊甲板上，提著蠔箝一上一下用心而費力地箝蠔。迎著北風，腰馬手臂合一，一幹就是四五個小時。父親嘴上經常叼著一根煙，一邊講著他那說不完的《三國》、《封神榜》、《倫文敘》和種種民間故事，有時唱歌，有時聽收音機，節目豐富。忽然，遠處海面漂來了一具浮屍，來

「找」我們。我們正驚惶之際，父親氣定神閒地用蠔箝把它輕輕推開；但過不了一會兒，它又回來了，還停靠在船邊不動。父親對它說：「朋友，我知你成了游魂野鬼，無處歸葬，著實可憐。但我們正在幹活餬口，維持生計，實在沒辦法幫你。你還是另覓他人去吧，抱歉了。」「聽」了這話，屍首立即像開動了馬達似的啓航離去。我們都覺得很神奇，馬上向父親請教先前啓旺伙計「撞鬼」之事，父親說：「以人情審之，根本不用怕。它也曾是人，你沒有害過他，怕甚麼？只要你明白，跟它說，它也明白，大家都沒事。」父親的話，終身受用。俗語云「各懷鬼胎」、「鬼拍後尾枕」等，同一道理；只要問心無愧，撞鬼也不用怕。

又有一次遇上覓主事，我們只能讓他另請高明。那次不是工作，而是幾個小孩子駕著蠔船玩耍，在海上兜風、跳水和游泳。回程路上，見到水中半浮沉的一個綠色吹氣枕頭，小寶叫把船慢下來，靠近枕頭，想撿回去玩。當他伸手把它抽起時，發覺下面繫著東西，再用力抽，竟把那縛得緊緊的一條鹹魚抽起，露出頭部，彷彿向小寶說：「救我。」小寶見狀失色，即時放手，回頭大叫：「快走！」我當時掌舵，沒看見，只抱怨小寶沒用，連一個吹氣枕頭也拿不動。上岸後小寶臉色青白，把當時情景告訴大家，各人都十分懼怕，怕是撞了鬼，晚上會來找，怪我們「見死不救」。

校園撞鬼

母校流浮山公立小學是出名多鬼的地方，我小時候就撞過幾次。人們總愛把鬧鬼的地方說成是日據時期的亂葬崗，大概是要營造冤魂不散，羣鬼夜哭的恐怖氣氛的同時，也提醒人們其中因由。就這樣，白天上學的校園，晚上便成了鬼地方。這種刺激感吸引了我們這羣孩子，約定每天晚上都去玩「鬼搵腳」、捉迷藏或兵捉賊。每次都玩不過兩三局就因撞鬼而各自逃離鬼域，回到人間。有一次是大孩子們指著後花園的高樹上大叫：「有吊頸鬼，穿著白色衣服的。」大夥兒連頭也不敢回便拔足飛奔。

在那種懵然卻又沒膽去查探真偽的狀態下，我真的相信自己見鬼了。第一次是陳俊豪老師在夜裏十時許坐在他辦公室座位工作。我們都知道陳述光老師一般工作到七八點，才關了他桌上的吊燈，是最後一位離開的老師。當晚，我們幾個一同去冒險時見到：俊豪老師的辦公桌在述光老師後面，述光老師早已離開了，眼前分明就是穿著白襯衫的俊豪老師。大家見狀，同時似箭般狂奔散去了。第二天上課前的集會上，李校長宣佈俊豪老師病逝的消息，我當時嚇得一身冷汗。放學回家跟母親說了此事，她連忙燒了冥鏹紙錢，幫我喊驚驅邪。

第二次見的鬼更是衝著我來的。我當時讀小三，下午班；同座位的是上午班的劉金娣，是林哥士多的次女。據說她前幾天到差館山下的樹林溪邊玩，中了邪，回家後臥病兩日而歿。這些都是我後來聽說的。那天晚上，我們在校園鬼混之際，同伴們指向我的教室，我的座位，有人穿著白色校服端坐不動。學校大門每天放學後都上鎖，而我們是翻越籬笆進去的。所有教室也都是鎖著的，無人能進，她是怎麼進去的？坐在那裏幹甚麼？不由分說，大夥兒又是一聲嘩然，作鳥獸散。第二天才聽說金娣師姐病逝，她一定是如俊豪老師一樣要回校看看。那天我告假了，跟母親說了所見所聞，她深信不疑，還幫我喊驚。

當天確實親眼所見，現在倒是懷疑起來了。總覺得被較大的孩子忽悠，而自己卻也願意，甚至希望親身經歷。後來又想，大家都說達財哥自稱有陰陽眼，能見到滿街的鬼魂，但誰能證實？

母親撞鬼

一九七〇年代末的某個晚上，母親撞鬼。那一年流浮山的蠔失收，我們生計大受威脅；於是轉而養豬，一養就是好幾年。我們養的是「燒種」，即用作做燒肉（亦稱「金豬」）那種。每次出豬，都在淩晨兩三點，屠房的貨車按時來收豬。那時我和二哥都在上學，父母自然不用我們幫忙；但那天卻把二哥叫醒幫裝豬、抬豬，因為母親見鬼了。

每次出豬，母親最是辛苦。睡前先把電燈掛到房子旁邊的通道上，準備好；睡到一點左右起來，開燈，一切就緒後再叫醒父親，一起把豬逐一裝到鐵籠裏，然後抬到五十米以外的車路邊，貨車一到立即上車。那天晚上，母親開燈時，漆黑一片的海邊即時被照亮，只見泥灘上的木艇，上面坐著一個女人，正在啜泣。她一見燈光，向母親看了一眼後，立即消失了。那一刻，母親嚇呆了，直流冷汗，直奔卧房，叫醒父親，自己卻躲回被窩裏，被子蓋著頭，冷汗直流。父親聞說，即時手執斧頭往外跑，口中喊道：「在哪兒？在哪兒？有膽出來，我一斧子把你劈死！」只見那木艇上空空如也，便道母親撒謊。母親再也不敢出來，躲在被窩裏顫抖，一夜未眠。父親無奈，只好把二哥叫起來，二人合力，把豬裝了，抬出去，上了車。

出完了豬二哥便回去睡覺，早上照舊上學去。晚飯時母親方講述見鬼始末，我們都捏了一把汗，好些日子不敢到那女鬼坐著啼哭的一帶。原本怕黑的我變得更怕。

種種經歷和說法使我疑心生暗鬼。每次晚上到海邊都想到那女鬼。尤其是灰業街劉春婆去世後，彷彿見到她的鬼魂坐在那小艇上啜泣，有時她隨著漲潮而來，潮退而滅，是真是假，現在更是難以辨別，但當時倒是千真萬確。那時，每當夜幕低垂，總覺魑魅遊離，魍魎瀰漫，獨自走在漆黑路上，心內會漸生恐怖，想像羣鬼在背後追趕自己，不覺加快步伐，繼而狂奔，一面狂叫。終於擺脱了羣鬼，回到家裏，已是氣喘如牛，面無血色。母親見狀，知我撞鬼，又幫我喊驚。

後來有了法寶，才稍壯了膽。這些法寶包括父親教我們唸的咒語，以及龍珠堂的師兄們教走橫蛇步和八卦步。咒語的內容已記不清，其中有「背後有張刀，殺盡妖魔鬼怪」等語，結尾處總是「太上老君急急如律令」。當時不知這老君是誰，總之誰能驅鬼就請誰。

鬼主意

為何小時候的我和那時的母親經常撞鬼？還是我們自己心中有鬼，各懷鬼胎所致？母親已仙逝，是被那女鬼弄死的嗎？現在既不可知她當時的心理狀態，假使她尚健在也不會以實相告。我不是能見鬼的嗎？如母親已成鬼，為何我再也沒見到她？我常自問，但為證實自己真的見過鬼，為了面子，我會不顧真假，繼續自欺欺人。這樣說，似乎已否定自己撞鬼的經歷；也不完全是，因為至今仍偶爾見到，只是恍兮惚兮，不確定是否其中有物。有些現象，現代科學解釋不了，強名之曰「能量」。

粵語有諺云：「越怕越見鬼」、「多一道符便多一隻鬼」。我始終相信父親之說：你沒有害人之意，怕甚麼！心中有鬼才會撞鬼，所謂時運低，只是自己鬼鬼祟祟、裝神弄鬼、整鬼做怪、鬼迷心竅，以致心中理虧，沒有了自信，能量一時低下才會撞鬼。那些行常有愧於心者，即使今日不撞鬼，那些受害者做鬼也不會放過他們。若不然，則天理不容，山川鬼神為之震怒。不過話又說回來了，這鬼話連篇，搵鬼信！

捕鳥記

我們在鄉村長大，與大自然十分親近。然而一些小時候以為與自然渾然一體的玩意兒，在今天看來，竟是如此野蠻和殘酷。童真隨成長而失去，罪孽由醒悟而生發。

小學時背誦過「慈烏失其母，啞啞吐哀音」，頗多感觸。可是那些感觸主要是在於老師教導的譬喻義，只把烏兒當作喻體來讀，重點在於孤兒懷念母親。當得魚忘筌時，便把詩歌的基本意義忘記了，根本不顧及慈烏的「哀音」之所由興。又或是當閱讀變成朗朗上口的唱誦，慈烏之哀成為了歌謠故事，自然也不會細味、感受慈烏為何哀傷。

「鳥鳴山更幽」的破碎

我十一二歲時捕鳥的情景依舊十分清晰。放學後，或是週末，無聊之時，除了跟其他孩子們一起玩耍，也會獨自一人四處閒逛，登山涉水，採摘龍珠果、山稔、仙人果吃，也會捉魚捕蟹。尤其喜歡到魚塘、林地、草叢、小丘等，享受那「獨坐幽篁裏」，「鳥鳴山更幽」的清靜。既然如此，為何要把那鳥語花香破壞？那時怎會想那麼多。忽然，只聽得頭頂上的樹枝間有兩隻紅屎窟（正名：紅耳鵯），十分好看，唱得也十分好聽，正在談情說愛。細語喁喁之間，得意忘形之際，便疏於防範，怎會料到腳下突然伸出魔爪將自己和情人攫取？準備捕鳥的一刻，我處於精神亢奮的狀態中，一心只想把這鳥鳴山幽據為己有，帶回家去。於是把腳步放到最輕，把身體移到最有利的位置，至那情侶們的正下方，估量了一下自己的身高，伸手加上跳躍，正好能觸及牠們。當時想，電視節目《動物世界》裏所見的獅子老虎捕獵時也不過如此。一切準備就緒，生怕鳥兒發現或轉移幽會地點，想到：牠們會飛而我不會呢，便趕快趁牠們還沒意識到危機時，屈膝伸腰，猛力一跳，啊，抓到了！不過只有一隻，也算有收穫。

這對可憐的情侶從此便陰陽相隔。我當時確也動了惻隱之心，只是手中這獵物所帶來的狂喜，蓋過了其他任何的想法。飛快往家裏跑，第一件事是要向兄長們炫耀自己徒手捕鳥的超能力。接下來便將小鳥放在那個用鐵絲網自製的鳥籠裏飼養，給牠最肥美的草蜢和最豐盛的飼料，讓牠安居籠中。不過，每天放學回來，只見那日益衰頹的鳥兒，翅膀下垂，半閉著眼，疏鬆的羽毛沒有了在樹上時的光彩，更不用說那「鳥鳴山更幽」了，自從被俘，便再也不再鳴叫了。我那自責便愈加嚴厲：牠那垂頭喪氣的孤獨無助，弱不禁風的楚楚可憐，卻成了最強烈的控訴，控訴著我的凶殘狠毒。那時我後悔了，決定放牠回到那林子裏去。

可是我並沒有見到「羈鳥返舊林」的雀躍，而在手中的卻是一隻傷殘病弱、一蹶不振的小鳥。也許牠從被抓、與情人分別那一刹已立定了志向，寧死不屈，我看牠在樹枝上站也站不住，便心如刀割，難受極了。我怕牠會死在那裏，被蛇蟲鼠蟻吃掉，最後還是把牠帶回家去。二哥責罵我：「好好的一個生命因你貪玩而搞成這樣！」結果真不出所料，牠自被捕獲那天起就一直不肯進食，沒過幾天便絕食而亡。

我因此而悔疚不已，還為牠痛哭過，那哭聲和淚水時常在警戒著我。我的好生之德大概是從那時候培養起來的。

捕殺宿鳥

小時候看那些大哥哥捕鳥，初覺好玩，後覺可悲。當見到獵物時，惻隱之心油然而生，這好玩的玩意兒變成了悲劇。他們有不同的方法，跟其他地方大同小異的有丫叉射鳥和簸箕捕鳥。前者是用「丫」字形的樹枝，丫的兩個頂端綁著橡皮圈或單車內胎等，拉弓發射石子射擊鳥兒。簸箕捕鳥法是用大概直徑一米寬的、魚欄用來盛魚蝦的簸箕，在地上扣著放，一端用樹枝撐起，樹枝底部繫著長繩，簸箕下放一些穀物之類的餌，我們躲在遠處，手握著繩子一端，待鳥兒進入簸箕底下取食時，把繩子一拉，便能將鳥兒蓋住。

除了這些，村裏最常見的捕鳥用具是汽槍和黏性極強的木油。那是晚間進行的獵殺活動，是乘鳥之危。孔子早就訓說過「弋不射宿」，孩子們哪裏懂得聖人之教？晚上，一人手執電筒，從樹下往上照，另一人負責開槍。當鳥兒在樹枝上睡覺，電筒的光線並不會把牠們驚醒，那是下手的最佳時機，命中率也頗高。後來讀到王維的「月出驚山鳥」，比較一下，才知道，宿鳥不會被手電筒的亮光驚醒。鳥兒中槍後，鉛製的「痰罐仔」子彈不會留在牠身上，因為它的威力足以穿過大鳥的身軀。鳥兒死在夢中，倒也死得痛快，沒甚麼痛苦。但我看著，心裏就彷如同時中槍一般。

用木油黏鳥的方法可能是村裏孩子的一大發明。木油是刷在木製船身上，用以保護船隻的一種黃褐色半透明的塗料。我想是本村的發明原因是：因為村裏多木船，用以出海養蠔和捕魚，船隻經日曬雨淋，容易腐蝕破損，須定期維修。船的裏外清洗乾淨並曬乾後，便是刷木油這道最後的工序，我們從小就幹這種活，因此很容易得到木油。木油性黏，我們通常手抓著蘸滿木油的碎布往船身上刷；完工後很難洗淨，黏性粘手和氣味刺鼻，數日不清不散。不知哪個頑童靈機一觸，把碎布纏在長竹竿上，蘸上木油，然後點火，燒得火光熊熊時往水裏一泡，嗆鼻刺目的濃煙過後，便是一團比麥芽糖還要柔軟，而且黏性極強的半透明物質，成為了捕鳥用的黏膠。孩子們沿著電筒光照到的鳥兒的位置，把頂端沾滿木油黏膠的長竹竿對準鳥身直戳，便輕易得手。被照到的酣睡中的鳥兒一旦被黏上，死狀恐怖：鳥身、羽毛、翅膀、腳被木油黏成一團，越是掙扎，就越往黏膠中深陷。每一隻鳥下來時，我看著牠垂死的幾下動作，繼而氣絕，心裏害怕，再也不敢看下去。心裏怨恨這些大哥哥們，嘴裏卻不敢哼一聲。

捕捉水鳥

那些大哥哥之中為首的是我大哥。他從小就愛玩，尤其是捕鳥。今天位於天水圍附近的濕地公園就是當年他常去捕鳥之地。那裏是魚塘和沼澤地，盛產鶴、鷺鷥、釣魚郎等水鳥，每年候鳥遷徙來到這裏繁殖。大哥算準了季節，有時帶上我們，前往採鳥蛋和幼鳥，回家飼養。我們每天去魚欄撿魚蝦餵養牠們，跟牠們很親近；漸而，去魚欄撿魚蝦的就只剩下我一人了。當家中養的這些鳥兒長大後，秋季時，忽一日一飛沖天，向南遷徙。翌年開春，牠們又會回到這自己成長之地，但再也不會回到我們家，大概牠們已學會了獨立生活，不想再被人豢養，被困鳥籠，縱然有些足上還繫著鐵環。牠們成羣聚居在流浮山警署所在的山上——我們稱為差館山，在那裏建造家園，築巢產子，傳宗接代。如今傍晚差館山上的「斜日寒林點白鶴」和「聲斷流浮之浦」的景致，便是當年我們從沼澤區帶來的候鳥的後代。

我們飼養的這些水鳥，有些失去了覓食能力。那並不是因為被豢養慣了的緣故，而是人為的傷害。父親認為禾鶴、白鶴的長嘴（喙）太尖，怕牠們啄我們的眼睛，為保安全，竟用剪刀把牠們的喙剪掉最尖的部分。我們苦苦哀求，父親還是不聽。剪完後，我們除了覺得牠們失去天然美之外，更重要的是憐憫牠們身體殘缺，以後怎麼覓食？父母愛護兒女之心，換來了我們的埋怨和憤恨。

漁民子弟們除了釣魚，還會釣鳥。釣魚並不是最殘忍的，釣鳥才讓我慘不忍聽。主要是因為魚大都不會叫，會叫的也叫得不響，嘎嘎的並無感情色彩，而牠們被釣上來也不會血流如注。釣鳥的活動是居住在大型的拖網漁船（大拖）上的漁民子弟錦明告訴我的。我聽了他們怎麼釣海鷗後，感觸良多。海鷗隨海飛翔，一直注視著海面的游魚隨時往下衝去捕食。誰料黃雀之後竟有小孩在捕獵牠們。錦明說：「我們把魚絲繫上八爪鈎，鈎上小魚，放在小木板上，將之置於海面，讓它漂浮出去，我們從遠處一直監視著。海鷗一見小魚，往下捕食時，我們立即猛力抽拉魚絲，八爪鈎把海鷗的嘴、脖子或身體鈎住，鳥兒掙扎往天上飛，我們像放風箏般把魚絲收回，海鷗到手時已是滿頸鮮血，哀鳴不止，垂死呼叫。晚上飯菜又添了一味紅燒海鷗。」說著眉飛色舞；我聽了不禁起了惻隱之心，久久不能忘懷那血淋淋，聲聲哀鳴的情景。

鳥的啓示

大哥這些年參悟了不少道理，其中一個就是對捕鳥的幡然悔悟。他說，小時候常去捕鳥，當時覺得好玩，從沒有想過牠們的感受。試問：鳥兒們一家好好地生活，你卻把鳥媽媽捉去，巢中黃口如何是好？你把黃口或鳥蛋拿走了，牠們父母該哭得死去活來。大哥說著這些，眼中臉上透出了深深的悔意。這悔意來得很晚，但也總算醒悟了。我想，這大概是他自己成家以後，推己及鳥的體會。

捕鳥的方法美其名曰「網開一面」，這無非是被鳥兒逃脫的美麗藉口。小時候不讀書，哪裏懂得弋不射宿、網開一面、螳螂捕蟬等古人的教化？現在回頭看，以古人之言驗諸舊事，雖然可笑，但總算是覺悟了今是而昨非。從小時候的捕鳥也悟出了種種道理，它寓指著人間政治的千姿百態。

人類有家，禽鳥也有家。我們與大自然共處，難道弱肉強食、適者生存真的是唯一的自然法則嗎？

邊界風波

后海灣是個三面環山的大海灣。小船在海上辨認方向和找到準確地點，頗有難度。我們養蠔的蠔塘，水底下滿佈著辛勞的成果，由於涉及各自的經濟利益，蠔埔之間的界線十分清晰，分毫不差。但大海茫茫，這些邊界是怎樣劃定的呢？原來很久以前，每一條蠔埔與毗鄰間都已種下了一支支比大腿粗的，高度及大腿的石柱，作為標記，我們的行話稱之為「凸」。這些凸的所在位置，退潮時當然易見，但漲潮時，或處於深水處的凸就很難找到，然而它們自古就在那裏，肩負著標示界線的重任。可是，當外力入侵時，甚麼界線標記都沒用，只有武力和鎗桿子最有用。村裏就因為這類的邊界糾紛而掀起過軒然大波。

邊界的標識和定位

蠔塘邊界水底既有凸，水面也要有標記。水面的標記尤其重要，我們日常出海主要靠它們才能迅速找到自己的蠔埔，在那裏辛勤作業。

最常用的標識物是竹竿。其實只要是柱狀物，例如樹幹、硬直的水管、鐵枝等都可以，我們稱之為「基」。其他材質都不如竹子輕便和便宜。因此，附近山上的樹林和竹林成為了我們常去取材之地。父子數人趁著潮漲，開著蠔船去斬竹，把斬下來的竹削去分枝，留下最頂端的一些枝葉做標識，然後裝到船上，再開到蠔塘，把竹子一枝枝插在那些凸標示的邊界。露出水面的竹竿枝葉便成為辨認蠔塘界線的標識。由於竹竿的數量有限，只能隔著距離插，但決不能插錯位置，否則會造成邊界紛爭。幾枝竹竿的間距有幾百米，但它們卻能連成一條直線，形成準確的界線。

除了那些凸，確認蠔塘還有一個古老但又很科學的方法——疊山口（疊唸daap6，使物件重疊之意）。歷來從事蠔業、漁業甚至航運業的人都用此法定位，我們以此法確定蠔塘界線位置，在那裏插「基」。疊山口所利用的原理是移步換形：當你站在某一點上直視近山與遠山重疊處，前山的輪廓線上的某一棵樹或山上某一塊大石與後山有某一點交接；當你往左或右稍稍移動，那交接點也就隨之移位。後來，我在中學地理和數學科課堂上，老師教的象限（quadrant）所講的是坐標位置，我當時心裏想：我們從小就懂這個，而且每次出海、回航都靠它辨別方向和確認位置。可見疊山口這個古老方法十分科學和實用。

然而，疊山口並不是經常可用。在煙霧瀰漫中和夜幕低垂時，都很難用上。雖然燈光位置也是疊山口的依據，但準繩差很遠。疊不了山口就要靠其他方法，包括方向感、風向、風速、水流，配合小船的航程時間的估計，也能大概辨認位置。即便如此，有一個嚴冬的晚上，我們還是迷路了。我們夜裏出船，準備在蠔塘的預定位置固定了船，睡一覺，翌日天一亮，趁著潮水全退去，便落灘工作。像這樣的定位很重要，必須把船定在蠔埔的邊界上（稱為「埔界」），因為只有那裏沒有蠔，潮退時船底就不會把蠔壓到泥裏。那晚我們在一片漆黑的海上繞來繞去，迎著凜烈寒風，如無頭蒼蠅般兜了無數的圈子，還是找不到停泊處。本來航程只有半小時左右，結果繞了兩小時，很費勁才找到前幾天白天插的基才能找對地點。停了船，兄弟們都擁到狹窄的船艙裏取暖，並爭取時間睡覺，因為早上要趕著潮流工作。潮水不等人，晚起的話，這一天的工作便會被漲潮淹沒。

我們蠔民就是這樣謹守界線，在自己的蠔塘作業。

陳牛事件

蠔塘的埔界雖然劃得清晰，但有些人就完全漠視這些界線。最轟動的邊界風波要數一九七〇年的陳牛事件。那次事件奪去了陳牛父子三條性命。

那時左派力量強盛，主要由於掌控著「制海權」。后海灣一海之隔，我們對面便是蛇口、后海、沙頭等地，開船只需十多二十分鐘便到邊界。那裏是運輸船的航道，有燈柱為標記，劃分中英管轄區。可是，那時候的一些大陸船才不管邊界不邊界，往往插著五星紅旗在海上與香港這邊的「學習班」的巡邏艇接頭。「學習班」全名是毛澤東思想學習班，當時在港有不少分部。港英政府的水警輪雖同時同地執行巡邏守衛，但也拿他們沒辦法。大陸船越過邊界，也不敢如何。

陳牛父子三人，每日按潮汐在自己的蠔塘作業，竟招來殺身之禍。究其原因，是陳牛平素憎恨「左仔」，後來遭到報復，被對方借刀殺人。當時的右傾報紙如《唐人日報》都大肆報道了此事，轟動了港英政府，引起全港左右派的激烈對抗。不過，事件喧嚷了幾聲，便又平靜下來，人們又各自營生。雖然後來談及此事的人漸少，但它對村裏的衝擊頗大，如湧流藏於水底，隨時激起洪波。

話說陳牛父子在看似平凡的某日出海，竟葬身大海。三父子在水中作業，看見蠔埔遠處有一艘大陸船在插大「基」，作為他們的蠔塘邊界標記，宣示主權。陳牛納悶，揣度：那明明是我的蠔埔，為何有人插基？於是把二兒子一人留在水裏幹活，自己與大兒子一同開船出去，找那大陸船交涉去。那大陸船來自沙頭，插著五星紅旗。一見陳牛的船到來，幾名大漢便站在船頭等待，未等陳牛開腔，便大喝道：「停船！你闖入了我們中國邊境，有何不軌意圖？立即接受檢查！」本來已有三分怒火的陳牛，聽此喝令，還不怒氣衝天？站在船頭，說：「甚麼？這明明是英政府屬地，明明是我陳牛的蠔埔，你們怎麼惡人先告狀，霸佔了我的地方卻說我闖入你們的範圍？」口角很快轉烈，大漢拉住陳牛的船，跳過來制服父子二人。一面開著快船衝向正在淺海工作的小兒子。小兒子見勢頭不對，急忙涉水向岸上猛游猛跑，但及胸的水位，加上及膝的泥和滿佈其上的蠔，把他膠住了，如何跑得快？只能泥牛入海，緩慢蠕動。那快艇瞬間駛至，大漢拿出槍枝，只聽咔嚓兩下，小兒子背後開了兩個洞，倒在水裏，把一片海水染紅了。快艇折返到陳牛被虜的船上去。他們想出兩個極刑：把陳牛的雙手放在船邊，讓兒子親眼看著它們被砍斷。兒子被綁著，慘叫、嚎哭卻又無奈之際，被放入麻包袋裏，綁上袋口，扔到水中，由快艇拖行數十米；唯恐他不死，還向他開了兩槍，然後解纜，讓袋子漂走。陳牛雙手已斷，眼睜睜看著兩個兒子被殺，心裏還來不及琢磨為何蒙此大難，腦袋中已啪啪兩下，被手槍開了兩個洞，然後也被拋入大海裏去。

任務完成後，那沙頭船揚長而去。

為何說是「任務」？後來的調查才知道背景。陳牛一向是右派積極分子，與左派對抗不遺餘力，在流浮山早已成為學習班的眼中釘，學習班有意將之拔除，於是誣揑其闖過邊界，假手於沙頭人，將之清除。

此後流浮山左右二派鬥爭越演越烈。據說陳牛幼子得右派籌款，給他買了巴士總站前的物業，後來開了士多做生意。又據說，右派祭奠陳牛父子的供桌上，放著一個豬頭，嘴角加上一顆痣，說是姓毛的害了他父子，一定要血債血償。但最後呢？

陳牛慘案的重演

陳牛事件掀起的那陣狂潮，不久似乎平息了。可是，在政治鬥爭的漩渦中，這類事件不斷迴旋著。後來竟來一次重演：八、九年後，竟發生在我們身上。不知情的人可能會以為我們也是右派，要不然怎麼就成為了左派的目標？事發後，《唐人日報》大肆報導此事。記者來到流浮山，找到了事件的主角即我的父親，採訪他，問的也是同樣的問題，因為該報是右派喉舌，所以對左派的動靜十分關注。當時我們年紀小，沒有想到這些，腦海裏只是不斷浮現著被那四支長槍近距離瞄準的一剎那的場景，那種恐懼，久久地縈繞腦際，除了造成陰影，也成為在其他小朋友面前賣弄自己出生入死的英雄事蹟的談資。

一九七八年左右的某個暑假，我們在家幫忙。那正是養蠔的最忙碌時節，家裏除了父子兵，也僱了長工、短工，也有基叔公、秀叔公、通伯父等，一共十二人左右，開著兩艘木船出海作業：一艘機動船拖著沒有機器的小艇，徐徐開到自己的蠔埔去。準備下水工作，只等水深大概是「著手水」便開始。所謂「著手水」，是指身體既可在水裏半蹲著，手能摸到海牀的蠔而同時口鼻不入水，可作正常呼吸；大人則可以一邊吸煙、一邊工作。所做的是把日前從別處運來，並散佈在水底的蠔，一個一個摸上來，將牠們頂部（蠔口）朝上，底部朝下，一個挨著一個，半插到海牀的泥裏，這個工序叫「散蠔」。為了摸清乾淨，我們必須一字線排開，各人的手的摸索範圍必需與旁人交接，因為如果不交接，會有遺漏，摸不到而沒有被排列的蠔往往因為著地位置不對（如蠔口向下或躺下）而死去，所以「散蠔」工作屬於精耕細作。

下水工作不久，父親往埔尾一看發現異象。埔尾即蠔埔的邊界，往水深處伸展，即接近與大陸水域交界處，那裏忽然多了一枝大基，父親回想自己並沒有插過這樣的基，而且它插的位置並不是與埔界連成一線，而是在埔中間，即是把我們的蠔塘的埔尾截斷了。按理，埔尾一直伸延到航運線深水處，我們都有養殖蠔隻的權利，裕和塘租蠔塘給我們就是如此規定的。

正在莫名其妙間，父親到處探看，在埔尾附近發現一艘沙井人民公社的船。短工打不死，一見此船就說：「我認得，那是孟彪他們那些惡棍。」打不死剛從大陸來港不久，所以知道家鄉裏的一切，父親正在沉吟納悶之際，那公社船派出一艘小快艇向我們駛來。打不死說：「來得正好，我跟他們理論。」快艇到了，關了引擎，果然是孟彪。小艇靠到我們船旁，十二人都尚未下水工作，坐在船上。孟彪擺著官威說：「你們侵佔了我公社的蠔塘，我們插基為界，以後那基便是你們蠔塘的盡頭，不得越過。」父親說：「說甚麼？那地方我一直養著蠔，如何能說我侵佔？我們多年向裕和塘租來的蠔塘，怎麼說是『侵佔』？」未等孟彪說話，打不死已按不住怒火，手裏拿著水斗——用以舀清船艙裏的積水的木製容器，高聲說：「孟彪，你睜大你的狗眼看看，這是英女皇統治的地方，不是五星紅旗轄下，是你們闖過了界，侵佔我們的地方，還敢惡人先告狀！再不拔去那基，滾回鄉下，我一水斗打去，讓你腦袋開花！」孟彪聽說，倒沒有當場發火，只冷冷地說：「好，你們這樣講惡話，下回有好看的。」快艇便開走了，回到遠處的公社船上。

我們十二人都怔住了。大人們似乎對打不死的衝動有些怨氣，但又不便明說，只有通伯父說：「怕他甚麼！難道他能把我們吃了不成？」通伯父向來天不怕地不怕。但大家都在疑慮，不下水工作，只有就伯一人先下了水，獨自開始工作。

約有半小時功夫，快艇又向我們高速駛來。它衝向我們船頭，另有一艘叫索仔的小漁船，衝向我們船尾，形成前後包抄的陣勢，殺將過來。離我們數十米時，父親看勢色不對，火速起錨開船。由於前後被封，那時水又淺——已是「著手水」，只好緊急加速，硬在淺水處行駛。越是加速，船的尾部就越往下墜，銅製的螺旋槳打得水底的蠔、泥、石頭都翻滾起來。不管得這些了，逃命要緊。

通伯父雖說「怕他甚麼」，但這回不由我們不怕。因為來夾攻的兩條快船，船頭各站著二人，手拿著卡賓槍，那是一種狙擊用的木柄長槍。在四支卡賓向著我們瞄準的情勢下，誰還敢跟他們硬碰？

那時，連剛才那勇敢的打不死也不敢露面。他把身體縮進機艙，只伸出手來掌舵。通伯父最勇敢，只有他一人安然坐在甲板上，由得對方瞄準。而我們小孩子、叔公和散工們早已擠擁到大艙裏，聽著引擎的高速轉動和螺旋槳和鐵舵打著海牀的泥頭、沙石、蠔隻，嘩啦啦作響。由於水位越來越淺，而蠔船越是加速船尾就越往下墜，父親嫌蠔船不夠快，也怕擱淺，便叫我們兄弟往船頭上去，用我們的體重把船頭壓低，盡量保持船身平衡。我們只好匍匐上前，在船頭上趴著，心裏一直懼怕中槍。回看端坐在後面的通伯父，真怕對方向他開槍。槍口離我們最近距離時大概只有二、三十米，肯定能一槍打中目標；兩艘敵船錯過了這最佳射程後，看著我們飛馳而去。

三艘小船在淺海上奮力競賽了好一段。由於水淺加上我們的蠔船速度不慢，僥倖擺脫了敵船。大概也由於早已進入英界，敵船也不敢太明目張膽，也就放棄了追擊。我們到了淺灘，登了岸。自此約有一個月不敢出海工作，那些未散的蠔死了大半，損失慘重。而較早時下水工作的就伯，在追逐戰時自己涉水上了岸。後來回想，他應是早有準備，自己早些下水，也是計劃的一步。果然，此後他便辭工不幹了。他幹了十年長工，一朝辭去，原因何在?原來他那時正在申請鄉下的老婆來港定居，怕受牽連。早些下水，也是明哲保身之舉。

父親報了警，很快，《唐人日報》找上門來採訪。父親並沒有深究其中政治因由，很簡單，因為我家從來沒有加入右派或左派。記者倒是翻尋紀錄，把陳牛事件再提，報導時說我家的遭遇是陳牛事件的重演。父親並不願意接受採訪。只是被找到了，沒法子，支吾了幾句，便打發記者。記者也無奈何，只好自己做了些文章交差。我們年紀小，村裏買報紙也不方便，記者如何報導，我們也不知道。我們家從來不左不右，怎麼就惹了禍？現在回想一下，我們受襲原因，有可能是右派分子「好心」，介紹《唐人日報》及香港賽狗會提供的助學金，那時二哥上私立中學，家境清貧，交學費有難處，幸而得到這兩項資助。到底是否因為這些瓜葛而得罪了左派，也只是猜度而已。

死裏逃生

多年後大嫂評論我們那次歷險說：假如當時被抓就必死無疑。大嫂是一九七八年來到香港的，他父親是村裏的書記，因此很熟悉這一類事情的處理方法。她的評論，令我們有死裏逃生的感覺。想像一下，如果當時我們的蠔船真被截住了，對方有幾把上滿了實彈的卡賓槍，我們只好被挾持到他們的大船上，上了大船，進入了大陸邊境，就是肉在砧板上了。既然陳牛當年能被越境處死，我們也決不會例外。

父親喜歡快船，這倒成了那命懸一線關頭的救星。他後來跟人說：如果不是這十八匹馬力的金馬牌車頭機，我們父子連同其他幾人早已送命了。我們從小就以此快船自豪，在海上經常跟別的蠔船競賽。這次事件以後就更加深愛著它。

蠔塘用來標示邊界的基只是實體標記，方便作業。它們在那些強佔民田，任意越境殺人、抓人，無視法紀的人的眼中，根本就沒有任何作用。手裏有槍有權力，才是最有力量的人。

滿天鬼神

農曆三月二十三日天后誕是村裏最熱鬧的日子。那震耳欲聾的鑼鼓喧天，色彩斑斕、生龍活虎的舞龍、舞獅和舞麒麟，混雜在霹靂轟隆的爆竹聲，瀰漫滿天的白煙和滿街嗆鼻子的火藥味，地上鋪滿了散亂的鮮紅色爆竹碎屑。來自附近的各個村落的龍獅隊伍，護送著他們各自的「炮」。所謂「炮」，是用竹枝扎成支架、以各色紙品糊成的天后宮模型，一般約有兩米至三米多高，上面掛滿了神物，齊集在沙江村的那座天后廟前的那片空地。大家都來拜「媽」（唸作「馬」）——媽祖，即天后娘娘。

除了我們最重視的天后誕，村裏的其他節慶和迷信鬼神的活動，一一構成了童年回憶的各種場面片段，呈現著滿天神佛的畫面場景。

三月廿三

廣東地區眾多的天后廟中，哪個最早最正宗？父親講過以下的故事，也許正史和地方志都沒有記載。

那是關於媽祖總廟的歷史。話說洪聖公初到廣東，到處覓地築廟，一日，在赤灣找到福地，在那裏放下一枚銅錢做記認，然後離開。不久，媽祖也來到此地，也看中這塊地，但見到那枚銅錢，知道有人比她先來此地，便想出法子：把一根針穿過那銅錢中心的方孔插入地上，作為記認。當洪聖公回來後，見到此景，便與媽祖理論，說自己在此放置銅錢在先，媽祖後來在中間插上針。媽祖卻說她先插上針，洪聖公後來在上面用銅錢穿過針，放在那裏。二人爭持不下，最後洪聖公退讓，說：「你是女人，我不跟你爭。」自己便到別處覓地，最後在東莞建了第一座洪聖宮。

赤灣的那座天后廟落成了。據說建築之時工匠一共設計了九十九個門，但人們每次數都數不清。這座廟在文革時期也沒有被破壞。我們只是一直沒有機會去參觀，去數一下門的數量。

我們蠔民與漁民一樣，最崇信天后。因為她在自己遇溺後封神以來，一直守護著出海和居住在海上的人們。因此，每年的農曆三月二十三日，海上和陸上都有隆重的慶祝活動。海上的漁船張燈結綵、拜神酬神、放爆竹煙花，有的大拖（大型拖網漁船）上甚至有打鼓舞獅活動。陸上的慶祝空間限制較少，活動就更加多姿多彩。

三月廿三是我們最興奮的節日。大人們都說要去拜媽，但我們卻樂在拜媽的過程中。除了去給媽祖進香之外，更重要的是舞獅。為了這一天慶典，我們提前兩個月在龍珠堂國術館，每日練習打鼓舞獅，樂此不疲，嘈吵之聲對附近居民造成不少滋擾。到了正日那天，大家都起個大早，去龍珠堂作最後操練，然後出發，到沙江廟即天后廟去拜媽。一隊人馬，穿著一身武服：上面是印有龍珠堂圖案和字樣的功夫上衣，腰帶右邊打結（按左文右武之例），下身是寬鬆的燈籠褲和功夫鞋。打鼓的打鼓，舞獅的舞獅，我們年紀小，只能負責敲鑼打鈸，時而幫忙推著鼓手所乘的鼓車。最重要的任務是護送那座炮，用平日運蠔的手推車運送，由獅隊引路，把它護送到沙江廟去拜媽。沿途經過榮真學校、坑口村，一路上我們雀躍萬分，在鑼鼓聲中跟著醒獅行進，十分威風。

到了沙江廟，才是高潮。當各村的龍獅隊齊集，呈半圓形圍繞天后廟排開，鼎盛時期約有二十隊之多。各隊依次到半圓的中心即廟的正門前，施展渾身解數，把平日操練的舞獅技術都拿出來，在那漫天飛舞的爆竹紙屑和濃煙，混著沙塵和噼啪不斷的震動耳膜之聲，展示步姿身手，合作分工。當每隊表演完畢，有喝彩的，也有喝倒彩的——年少好勝的都總覺得自己的隊伍最強。除了舞獅、龍、麒麟和金鳳等，還有武術表演。這是我們期待已久的機會，因為我們是武館，平日辛勤練習，等的就是這用武之地。為了這一項表演，我們除了學獅鼓，也學會了功夫鼓。但是由於我們年紀小，又害羞，武術表演、舞獅、打鼓等，在這重要場合上都只有觀看的份兒。

這用武之地還真是練武之人的用場。稍年長的師兄們熱血方剛，在拜媽場合上，表演意猶未盡，總要找機會發洩。首先是會獅時兩方衝撞。所謂會獅，是指當兩隊獅隊在路上遇見時的禮節，兩隻獅相遇，互相隨著鼓手打的拜禮鼓向對方鞠躬。但是這禮節在年輕力壯的人的手中，成為了爭強鬥勝的機會。會獅原意是大家互拜後，各自向著相反方向，各走一邊而去；但我見過會獅變成鬥獅，各自用獅頭猛力撞向對方，往往爭持不下，各不讓路，甚至把獅頭撞破，繼而演變成雙方打鬥。那時，我們年幼的都害怕，早早便逃之夭夭，讓那些大哥哥打個你死我活。

師兄們在沙江廟拜完媽後還另有節目。他們開著貨車把獅隊鑼鼓都運送到青山，繼續參加那裏的拜媽活動。我們小孩都好奇問：「去哪裏？做甚麼？我可不可以去？」他們回答説：「去打架，小孩子不准去。」他們大都有黑社會背景，加上一個上午的活動沒能把血氣完全發洩，便到別處去會獅，與別的獅隊較量。我們太小，加上不是黑社會，所以始終沒有去過青山遠征，不知他們具體做甚麼，跟誰打架，打得怎麼樣。

有一年的三月廿三，我們遠征到鯉魚門。那次遠行，早早便準備好，特地設計了一個由八人抬起的圓形木平板，用來給舞獅的二人組跳上去，上面又架著高臺，讓二人在上面各登上木梯，一人舞獅頭，一人牽獅尾。練習多時，終於在鯉魚門完成精彩的演出。遠征那天一大早去，深夜才回到流浮山。二十多人擠在陳滿記海鮮車貨架內，護送舞獅用品和旗幟等。貨車顛簸了約兩小時才到，我們暈車浪的已嘔吐了好幾回。回程時卻沒有嘔吐，因為大家都累壞了，早已在車內橫七卧八睡著了。

那次遠征很值得。看著師兄們在鯉魚門鬧市登上高臺舞獅採青，在那裏的天后廟耀武揚威，多麼神氣！

在流浮山，三月廿三的晚上還有精彩的活動。首先是在裕和塘酒家吃飯。大家都很興奮，加上野蠻無禮，每一碟菜送到時，還沒降落到桌上，那十二雙筷子已淩空襲來，早把碟上的食物搶掠一空，甚至把碟子打翻，食物灑落一桌。飲宴有時「吃碟」，有時「吃盆」。吃盆指的是盆菜，那場面就更加混亂，大家的筷子照樣是淩空飛舞，盆菜落桌時早已翻江倒海，食物橫飛，濺滿桌布上、座位上和地上。

晚宴之後的節目是「投炮」。有時在酒家舉行，大概由於節目拖得太長，阻礙酒家打烊之故，後來改在蠔會、商會和龍珠堂，分別投三個炮。所謂投炮即競投活動。競投物是那些掛在炮上的神物，由於它們拜過媽祖，村民都相信媽祖神力已施於其上，得之則能保佑平安，所以人人樂於競投。我們年少，往往不明白為何大人們都湧到會場去，擠得水洩不通，舉手，高聲出價，價高者得。例如一塊纏著紅絲帶的生薑，怎麼就值一百元？一條掛在炮上的紅布，或是紙紮的裝飾物，上面寫著「第X炮」、「風調雨順」、「合境平安」等字樣，竟然要花上二千元才投得。此外又有蝠鼠、金龍、八仙、福字等，都出價頗高。那時村民都很虔誠信奉天后。因此，我們幾次出海遇險回來，母親除了為我們喊驚，還要酬謝神恩，多得天后娘娘護佑。

龍舟水

五月初五自古便有記載，而端午節對於蜑民別具意義。父親每年都帶著我們去游龍舟水，祈求平安吉祥。此外也會帶我們去青山看龍舟競渡。但對於屈原投江自沉的傳說反而少有提及，直至我們上小學時才從課本中學到屈原忠君愛國的事蹟。那時總是疑惑：為甚麼投江自盡是忠君愛國？但不敢發問，老師說甚麼便是甚麼。

龍舟水對於我們蠔民的重大意義是「投放」。很奇怪，五月初五，據潮汐計算應是朔日後五日，理應是朔日高潮後的退落期，但那日總是潮漲最高之日，比初一還要高，而且水也格外清澈。父親說這是龍舟水，這一「水」是每年投放的最重要時期。所謂投放，指的是把瓦片、石頭、水泥柱等硬物用蠔船運到蠔塘，把它們投到水裏，潮退後將之排列好，一行一行，每一塊硬物的三分之一插入泥裏，三分之二露在海水中，讓飄浮海上的蠔種（幼苗）粘在其上寄生。這個過程叫做「博蠔仔」。如錯過了龍舟水，往往「博」來的不是蠔種而只有青苔，一旦青苔粘在瓦片等硬物的表面，蠔種便不會往上粘，也就白費功夫了。

除了游龍舟水和看龍舟，我們也會划龍舟。有一年欽記魚欄的工人大水牛叫我一起去青山灣，加入他們東友堂龍舟隊，參加訓練和比賽，但由於自己害羞，怕力量和技術都不行，會被人取笑，沒敢去，錯失了機會。只好自己在村裏跟其他孩子們用家裏的小木船充當龍舟，在沿海處競渡起來，頗為刺激好玩，別有一番樂趣。

青山灣泳灘留下了深刻美好的回憶。說到游泳，流浮山並不是理想的地方，因為這裏沒有沙灘，只有滿地滿海的蠔殼，下水必須穿上布鞋，游泳也隨時被割傷，因此我們很少在流浮山游泳。那年父親帶著我和二哥到十九咪半青山灣泳灘，那是我們首次到沙灘游泳。青山灣是漁船靠岸點，所以也是當時售賣船上用品的重要地方，我們用的船錨、纜繩、木油、水斗、魚網等，都在那裏購入。但那次父親並沒有購買任何用品，否則帶著它們十分不便。青山灣是漁民聚集之地，故端午節也十分熱鬧。那次父親帶我們看完龍舟後即興去買游泳褲和游泳圈，到沙灘游泳。那天的歡樂，至今沒忘。

從小到大，我們都很重視龍舟水。端午節是蠔民的重要日子，泡龍舟水也是每年必須的活動。

鬼節

七月十四盂蘭節，據説是鬼門關大開之日。尤其是遊魂野鬼，滿街都是。這個節日，別的地方也會有打齋超渡亡魂的活動，而我們村裏主要超渡的對象是溺水的亡魂。

每逢七月十四我都會記起漢明哥。漢明哥是我們在龍珠堂學武時的師兄之一，除了教功夫，更多的是教我們打鼓舞獅。有一次，海邊傳來消息説：「有人淹死了！」我們趕緊跑去看，遠遠只見那正在等待修理的木船船底朝天，平面上平躺著一個人，不，應該是一具屍體。隱約認得那竟是漢明哥！他的面部呈紫黑色，顯然已斷了氣。我們不敢走近，只是遠看，但已感到驚心動魄，不敢直視。據說漢明哥那次帶著兩位女子一同出海游泳、戲水，樂極生悲，斷送了性命。那時他大概只有十八九歲。

每年七月十四，村裏都有法事科儀。請來的有喃嘸先生和道士，整晚都坐在臨時搭建的竹棚裏吹奏、打鼓、唸經、燒衣紙等。棚裏還有兩個造型凶神惡煞，面目猙獰的紙紮人像，高約三、四米，舉起的手中拿著法器，兩腿扎馬而立，怒目下視，我們都不敢正視，只知道祂們是「大士公」。雖然害怕，但卻不想錯過盛會，看大士公，看樂隊吹奏表演，還有道士做法事等。某一次在這些隊列中，我們除了見到村裏的喃嘸安之外，更發現了七叔公，十分高興且自豪，激動地跟其他孩子說那是我們的七叔公。七叔公住在九龍，很少到村裏來，盂蘭勝會才來吹嗩吶，我們卻不敢上前打招呼，頗感無奈。

鬼節的精彩活動到很晚才進行。我們熬夜也得去看。那是道士到井頭、海邊和海上祭祀亡魂，隨行的有嗩吶手——但不是七叔公，也有小道士、喃嘸先生等打下手。村裏有三口井，每口都要祭，那是我們最容易跟從、看熱鬧的行程。道士在這些地方祭祀，祭的是水鬼。據説這些都是最容易要人性命的地方，而淹死的人成了水鬼後，也會成為下一個淹死者死亡的執行者。那時父母常告誡我們不要去井頭和海邊玩，一旦失足掉進水裏，那些水鬼便來把你按在水底，把你淹死。

道士祭祀水鬼的程序簡單而莊嚴。不外乎燒香燭、唸咒、作法，隨著嗩吶的樂曲，跳著道教舞步，揮動著手裏的劍，口中含酒，噴到那穿在劍上燃燒的符籙紙錢，最後向井頭、海邊和海上撒出大米和錢幣——俗稱「豆鈴」的五仙硬幣。有些孩子搶著去撿豆鈴，但我們不敢撿，怕被鬼捉。

祭完井頭後已是夜深時分。我們一般都熬不到海邊和海上的祭禮，便要回家。只能遠遠聽著嗩吶之聲。尤其在道士乘船出海祭祀時，那嗩吶聲和唸咒聲在平靜的海面上，隨微風陣陣送來，格外清晰、淒厲。我不覺又想起了漢明哥，他已成了水鬼，但我總不相信他會在我們下水時出手把我們淹死的，因為我們是好友。

標童

除了傳統節慶，標童也是一項重要活動。標童又稱乩童、神打，是一種召集神靈或先祖上身的技藝。是真是假，難以辨清，起碼我們小時候目睹的和經歷的，當時信以為真，因為有些情景如果是假的話，卻確實無法拆穿。

龍珠堂是標童的主要場地。師兄們在學武之餘對此道也十分著迷，而我們也十分愛看。那些晚上接到消息後便趕快吃過晚飯，跑到龍珠堂去佔據有利位置觀看。一邊聽著收音機播放《秋燈夜雨》的鬼故事，標童還沒開始已經嚇死了。

忽然，哈巴狗從房頂滾下來，表演以此揭幕。據說他剛從菜田裏捉鬼，追趕至此。只見他在地上滾動著，目露凶光，口中唸唸有詞，說的竟是平日從未聽他說過的國語：「老師公，老師公！」原來是我們師公李崑山上了他的身。師兄弟們立即架起祭桌，放上香爐，燒香膜拜師公。怎料哈巴狗一手奪過正在點燃的一束約有五六十支的香，拿起來猛力地向自己腹部插去，連插了幾下，那火熄了大半，腹部呈黑色，冒著煙。口中仍說著聽不太懂的國語，又要來了一束點著的香。這一回是向自己張大的嘴裏插，把火頭都咬斷，在嘴裏熄滅了，咀嚼著。我們看得目瞪口呆。

哈巴狗那時更轉狂暴。口中不斷用國語叫喊，師兄們拿來了兵器，有纓槍、關刀等。先是哈巴狗自己表演，繼而是命令師兄們向他胸前背後打、插，而他自己卻穩如泰山，刀槍不入。真的難以置信。

最後老師公被請走了。哈巴狗躺在地上，有一陣不省人事，過了片刻才慢慢醒過來。

除了老師公，還有請二郎神、齊天大聖等。師兄們如黑仔傑、歐陽等都是玩標童的。他們上身之後，也是說著我們聽不太懂的話。我們都以為，二郎神、哪吒三太子、孫悟空等說的就是這種話。他們燒香、吃香和表演武藝之後，便提著棍子、紅纓槍往根記灰窰裏跑。那裏是出了名經常鬧鬼的地方，天黑之後我們是絕對不敢走近的。那個晚上，齊天大聖用金睛火眼找到了妖怪，說是在灰窰裏的幾棵大蕉樹裏。大聖爺便與哪吒一起，一個拿金箍棒，一個拿紅纓槍，飛跑到對面漆黑一片的灰窰，在那裏向著蕉樹亂打亂插，口中大罵，最後勝利回來，說是已把蕉精消滅，我們也不用害怕。忽然，大聖爺和三太子又是一陣不省人事，漸而復甦，把二神請走了。據說如果沒能把神請走，標童者的肉身便有性命之虞。

我們看標童看得著迷，深信不疑。一次阿勝戲弄我和二哥，說自己是大聖爺上身，雙眼翻白，喘著氣，口中說著大聖的話，我們看著，信以為真。阿勝見狀，更加得意，往家裏拿來菜刀，說我們是妖精，追來要斬殺我們。我們害怕，往街上跑。正要被他追上之際，眼前出現了救星，那是村裏孩子們都聞風喪膽的大哥。阿勝見狀，立即把刀收起，把神請走。我們跟大哥說如此如此，大哥正要出手打阿勝，他馬上求饒，說：「只是跟他們玩玩兒而已。」說罷便拔足飛跑，懼怕挨打。

那時我和二哥方恍然大悟。回想之前觀看的哈巴狗他們的標童，恐怕也是裝神弄鬼吧。但又想：難道他們不怕痛嗎？為了取悅人們而殘害自己的身體，這樣值得嗎？當然我們沒有檢查他們的傷勢，但當時目睹的一幕又一幕的自殘，打心裏佩服他們：有神功護體，還是練成不怕痛的至高境界？為何後來聽說哈巴狗在黑幫打鬥中受了傷？這些疑問，我們都不想去追問，只想標童是真的。

信則有，不信則無

對於那些滿天神佛，人們總是為求福辭禍而相信祂們。媽祖的生平，信仰沿革，屈原的投江，哈巴狗他們的請神，人們大抵不會考究其細節，而只是願意相信對他們有用的部分，祈求風調雨順，泡龍舟水有益，龍舟水利於投放，盂蘭能娛神和超渡亡靈，標童殺絕妖精等。這些信仰延續隆盛不衰，是因為當時村裏家家信奉祂們。今日出海作業的人鋭減，三月廿三、五月初五、七月十四和標童驅鬼便變成了沒有實用價值，充其量只能申請成為非物質文化遺產。只有父親一輩和仍能大概記起祂們的「用處」的人們，才懂得祂們的來歷沿革和護佑村民的神力。這是否説明鬼神的靈氣法力不再，其實是被現代文明所擊敗甚至淘汰？

玩耍

今日科技發達，也導致人與大自然的距離越來越遠。我們小時候玩的遊戲以及與動植物、山水的接觸，今天的孩子們，甚或是我們同輩但成長於城市的人們，聽起來大概會覺得落後原始，少數也許會表示欽羨。我們這些獨特的背景和生活經歷，有苦有樂。這些苦樂匆匆過後，卻又十分懷戀。

電視時代

電視的面世改變了人類的生活。在電視出現之前，我們的實質天地更加廣闊：滿山地跑，滿海地游，滿街追逐，滿身是泥。

一位美國前輩跟我說過他哥哥第一次看電視的情景。一九五〇年代，這位安格先生到了東京某家酒店，房間裏有一台電視機，他先前大概聽說過這新發明，只是未得一見。於是，一連幾天就對著電視看，沒有離開過房間。整個由美國到東京的行程，就在酒店房間裏看電視度過。雖然光影世界廣闊，但安格先生的實質世界卻被局限在斗室之內。

我們首次接觸電視大概在一九六六年。那時村裏只有較富裕的幾家有電視機，利豐隆米鋪就是其中一家。父親有時帶我們去買米，順便與事頭、事頭婆聊天，而我們就站在那裏，目不轉睛地看著《如來神掌》、《武林聖火令》、《六指琴魔》等。父親當然也愛看，但不方便老在人家的鋪裏看；往往到了廣告時間便忍痛割愛，硬把我們拉回家去。我們捨不得，一回家便爬上睡房上層牀上，穿過小窗，隔著球南街，遠遠地繼續看剛才被打斷的部分。利豐隆就在馬路對面，而他們的電視正好對著我們這個小窗戶。就這樣，我們看無聲的小電視看了一段日子。

家裏貧窮，買不起電視倒是件好事。要不然就天天盯著屏幕，哪兒都不去。到了一九七二年妹妹出生後我們才有電視。因此妹妹很小便成了電視迷，她的真實世界就沒有我們的開闊。

從電視屏幕，我們進入另類的開闊世界。有武俠世界、科幻世界、動物世界、卡通世界等。我們從黃飛鴻、李小龍、曹達華、金貴祥等身上吸取了浩然正氣和堅忍精神；看鐵甲人、超人及後來的幪面超人，模糊了科幻與真實；看卡通片增添了無窮的樂趣和深刻的教育意義。《沙漠神童》、《義犬報恩》、《藍寶石王子》、《飄零燕》等，在小時候的心靈中烙下了印。《無敵鐵探長》、《柔道龍虎榜》、《青春火花》等，給我們灌輸了正能量。

早期電視文化可算是香港那一代人的共同集體回憶。但我們村裏獨特的玩耍活動卻不是人人皆知。

海邊記趣

很多人都有玩泥沙的經驗，我們住在海旁就更加多。今日粵語仍在用的「乍加依」一詞，意謂假裝，我懷疑即是我們鄉音「戛戛依（ga4 ga1 yi1）」，即以塑膠製成的玩具廚具玩「煮飯仔」。早期沒有塑膠玩具時，我們用貝殼、煉奶罐等玩，材料主要是沙。除了玩沙，更多的是玩泥。

印柱仔、印瓦仔是寓工作於娛樂的活動。所謂「印」，指的是以木板製成的模格，中間倒入水泥，把表面抹平，拿走模格，造出較手臂稍短小的方形水泥柱，或十八釐米乘以十二釐米的一點五釐米厚的水泥瓦片。柱仔和瓦仔都是用來「博」蠔仔的硬物。每年趁著龍舟水，用蠔船運到海中。一塊塊在海牀排列，一半插入泥裏，讓飄浮海中的蠔種往上粘。由於流浮山甚少有沙，我們只能到附近的虎草村山下海邊，就地取沙，和上水泥，生產柱仔和瓦仔。除了工作，我們還用蠔殼和貝殼砌成藝術擺設品，用水泥粘好定型。在虎草村，更好玩的還有游泳和跟鴨子玩。有時跟蹤鴨子上山，會收穫到不少鴨蛋，帶回家吃。由於鴨子自己上山下蛋，不在鴨農家，故不構成偷竊。

跳板本是在泥灘上的交通工具，但我們兄弟把它當作比賽乘具。跳板的底板是一塊約兩米長、二十五釐米寬、兩釐米厚的木板，前部用火燒使之翹起，好在泥上更順暢行走。板上靠前處加上「Π」形狀的扶手。每次落灘工作，一人乘一塊跳板，倒數，出發，看誰滑得快而身上最乾淨的勝出。有時心急，一起步就跌倒，滿身是泥。跳板在蠔田裏潮退時工作的作用很大，除了代步，它更為我們在深泥處行走起了枴杖的作用，我們只須用手按著它便能省力地把深陷的泥足拔出，一步步前行。此外，它也可用作盛載蠔的乘具，方便近距離搬動。在淺泥處，我們一腳踏跳板，一腳踏泥，往後一蹬，起步、加速，彷彿在泥上飛翔；在深泥處，則以一膝跪在板上，另一條腿在泥裏蹬，速度慢得多，也費力得多，但總比沒有跳板省力得多。

泥灘上的活動還有捕捉海鮮。除了漲潮時用竹子鞭打那些在小腿間亂竄的小魚外，我們還會乘著跳板在泥灘上捉螃蟹。捉的不多，但更享受的是那種在泥上自由馳騁的快感。有時我還會到海邊的蠔殼山下挖掘，挖到參魚（「參」唸作sum1；一名烏魚）、螃蟹、鱔等。在泥灘中循那些小洞挖掘，會挖到花魚的巢。花魚又名大褸，今日的濕地公園介紹稱為彈塗魚，用蒜頭豆豉蒸，十分鮮美。不過有時小腿間會有異物滑動，登時渾身如觸電似的，知道是蛇。雖然海蛇沒有毒，但那種異樣的觸感會令人毛骨悚然。每次遇到便慌忙逃走，有一大段時間都不敢再到那附近去。

泥土情懷

玩得滿身泥的活動還有打波子和尺角子。

打波子是粵語，即手握彈子（玻璃小球），用拇指把它彈出。有各種玩法，最常玩的有「追雞」，一人用一顆彈子，輪流追擊對方，先打中的勝。另一種是在硬泥地上畫上直徑約二十釐米的圓圈，參加者各放一些波子在圈內，用自己的波子把圈裏的打出來，那些波子歸己有；自己用來發炮的波子停在圈中就罰暫停一次。還有一種叫「掘仙」，在圈內放的是硬幣，用波子把硬幣掘出。這些遊戲都有賭博性質。

打波子是六、七十年代最流行的遊戲。我們這個年紀的男生應該沒有人沒玩過。但我們村裏，到處是泥地，即使在較硬的地面玩，由於時常要趴下身來瞄準，因此經常玩到滿身是泥，滿手是繭子。到了冬天，更多了皮膚凍裂，流血，但大家都樂而忘痛。

在同樣場地玩的另一種遊戲可能較少人知道。它的名字姑且稱作尺角子，是我杜撰出來的，因為一直不知道它的標準叫法，我們自小稱之為「打池搉（粵音唸作 kok7）」。這玩具很容易製作：用兩根直徑約兩至三釐米圓形的棍子，以柴或樹枝製成，一根長約二十五釐米，另一根十釐米。也許因為棍長一尺，大人們用沙井話稱這個遊戲為「打尺」。短的那根棍，兩頭削尖。玩法是：在泥地上挖一淺坑，把短柴棍橫放其上，用長棍使勁把它挑向遠處，落地後，輪流打它的尖頭使之彈起，在空中向上輕打，數數，每托一下算作一倍，這些倍數用以計算最後一下向遠處打出的距離，離土坑越遠，得分越高。打完後，用長棍量度距離，再乘以剛才在空中托那短柴的數目，數目最大者勝。

我們鄉郊較特有的遊戲不少。尺角子是其中之一，我上中學時跟其他不是來自流浮山的同學說起，他們都不知道。此外，用五顆石子玩的「拗子」和一堆石子玩的「秤斤」，大概也是本村特有。「噼啪筒」是自製玩具，以大約十五釐米的竹子，中間貫通，用豆樹長出來的新鮮豆做子彈，在竹筒兩端各塞一粒，用長竹簽用力將豆子推出，啪的一聲射出。有一次製作時，我用斧頭削竹子，不小心把食指指甲連指尖的一塊肉砍去了。當時流血不止，指甲永遠缺了一塊。其他地區的孩子也玩的遊戲，則有跳飛機、踢毽子、跳橡皮圈織成的繩、點指兵兵、紅綠燈、捉迷藏、踢足球等。

我們邊境較容易玩的違禁品是煙花爆竹。尤其在過年過節前後，最是高興，因為警察執法相對較寬鬆。那些「軍火」的來源很複雜。有的從廈村鋪頭買來，有的從對岸蛇口運來，更有幾次我們放學後乘巴士遠征沙頭角中英街，在大陸那邊的商鋪購買。

中英街只去過兩三次就再也不敢去。每次都太驚險了。沙頭角是北部邊境，要有禁區紙才能進入；但我們穿著校服也可進入。第一次去，因為心裏有鬼，一路上惶恐不安。同學帶路，到了中英街，只見這邊是香港的建築裝飾，對面卻是大陸式的商鋪，人們的衣著也不一樣。我們不是觀光客，不敢流連，匆匆買到了貨便撤退。一路上，當地的孩子們大聲說：「有人偷運軍火，快抓他們！」嚇得我們加快步伐。終於上了巴士，以為安全了，但面前卻有更大的挑戰，那是警察上車檢查。聽著他們的腳步聲從身後逼近，我們心跳加速，滿頭大汗，直至他們從身邊走過，下了車，才鬆一口氣。那時更覺得買來的「軍火」尤其可貴。後來回想：警察每天檢查，怎會認不出誰是村民，誰是外來人？只是沒有認真執法，放我們一馬而已。

回到村裏玩煙花爆竹格外開心。穿雲箭除了射向天空，也射到水裏，看著它在水底爆發，很是特別。於是各出奇謀，用不同的方法玩：彩簾和十龍吐珠都往水裏射。更有把炮仗插到泥裏看誰逃得快，躲不及的背部都是泥。後來還爆牛糞，看誰逃得快，稍慢的被牛糞彈到身上頭上，臭氣逼人。

藤鱔炆豬肉

童年這些玩耍的生活片段，有樂有悲。往往是因樂而悲，悲之來由是父母、師長的責罰，主要是體罰，所以每次犯錯都必定受皮肉之苦。

學校的體罰在一九七〇年代初已禁止。然而我們上小學的階段還是天天擔驚受怕，背書、默書不熟、不及格會被老師用藤條或直尺打手掌，有時人數眾多，排著隊輪流打，一節課都花在以打罵進行的「教導」上；更有老師對學生拳打腳踢的。偶有學生受不了告訴家裏，家長來投訴的；也有學生直接還手的。我們可不敢這樣。

在家裏，酷刑一直在施行。即使如此，也禁不住貪玩的童真之心。酷刑對於大哥沒用，只會惡性循環，越是貪玩就越捱打，越捱打就越玩得變本加厲。而我和二哥每次受刑後總會收斂一陣的。刑罰方式主要是俗稱「藤鱔炆豬肉」：既是刑罰，當然不是吃飯，而是吃鞭打在身上的藤條。據説藤條打人不留「風」，痛過以後並無後遺症——風濕，所以一般都用藤條打手、胳膊、後背、大腿、屁股等，但施刑者往往怒火攻心，不暇擇位，只管亂抽；受刑者只管叫喊、躲閃、求饒。那時，藤鱔炆豬肉是家常便飯，較嚴重的，二哥稱為六國大封相。這家法經常執行，説明了甚麼？

從小，不聽話的最起碼刑罰是跪地主公。小時候一直覺得地主公有甚麼了不起，一犯錯便要在祂面前跪上一兩個小時，兩手捏著兩耳，表示「沒耳性」，下次一定要聽教聽講，由地主公監督。到底地主公的長相如何，從未見過，只見其神主牌寫著：「五方五土龍神，前後地主財神」。當時想：地主公就是這些字？通常是嚐過藤鱔炆豬肉之後靜跪思過，小臉上的淚痕由濕變乾，伸舌頭一舔，鹹的。

一般構成刑責的原因是沒有履行責任。例如忘了給祖先、地主、門神、灶君和泰山石敢當上香；沒有準時去拿母親買好的菜回來做飯；沒有照看好弟妹等。我們常吃藤鱔炆豬肉的原因是重複犯錯，因為小孩子生性好玩，很容易便樂極忘時。有一次踢球，玩得興高采烈，踢完了天已落下黑幕，跑回家去，已是大刑伺候。飯也沒煮，妹妹也沒餵食。最令我難忘的是那次把妹妹放到那張帶蚊帳的嬰兒牀後，竟忘了拉上蚊帳的拉鏈，回來只見妹妹紅潤的小臉蛋上趴著幾隻蚊子，正在享用鮮嫩的汁液。噢，天啊！可憐的妹妹，她快被羣蚊抬走了。到妹妹稍大，有一次無人看管，肚子又餓，只好在飯鍋裏用手抓了幾把剩飯，塞到小嘴裏，然後跑到牀上睡著了，手裏和嘴裏都是白飯粒。那天晚上，我又嚐了一頓藤鱔炆豬肉。

這道菜給我造成了童年的陰影。有一回，二哥帶著我去虎草村灰窰的沙堆撿貝殼，收穫頗豐，各種形狀、顏色的扇形貝殼、螺殼等，手裏拿的越多，就越想挖得更多、更好看的。一大堆兩三米高的海沙，被我們挖通了大半，但還不想停手。那時二哥說：「糟了，天黑了，你我都在這裏玩，誰去拿菜做飯？」二人從美麗的拾貝夢中驚醒後，返回現實，但離現實任務還有一大段距離。只好在漆黑的馬路上急忙趕回家去，這時手中的貝殼已忍痛丟棄了大半，只管趕路。我從小怕黑，不禁哭起來了，邊哭邊走，緊拉著二哥衣角，生怕丟掉，更怕身後有鬼追來，不覺哭聲愈加淒厲。路上必須經過那八座並列的墳墓，白天見到也感陰森恐怖，何況已是夜幕低垂。經過墳墓時反而不敢吭聲，怕吵醒那些熟睡的鬼，起來抓我們。穿過了鬼域，回到家裏，晚飯已快做好了——當然不是我或二哥做。我們先要吃的還是那道藤鱔炆豬肉。

二姊、大姊和大哥

我家兄弟姊妹共八人，長大成人的只有七個。二姊只活了兩歲便夭折了。現在為人父母，我很能感受到當年父母的喪女之痛。據說二姊有一雙大眼睛，父母給她取了個乳名，叫大眼妹。她的早逝，也是由於小孩子愛玩之故。這個悲劇，在大姊和大哥的心靈中也刻上了一個永不癒合的傷口。

二姊的死因是麻疹，俗稱「出麻仔」。當時家裏的孩子只有他們三人。父母每日忙碌工作，只能把二姊交給大姊和大哥照看。出麻仔最忌吹風，但只要小心護理，就沒大礙。發病之初的那幾天，父母都沒去工作，在家照顧二姊，等她病情穩定，且有好轉時，丟下的工作再也不能拖了，便忍下心來，叫大姊和大哥負責照顧，吩咐：「一定不能出去吹風。」那時大姊只有七歲，大哥五歲，哪裏待得住？趁父母出去後，用背帶背著二姊，跑到海邊玩耍去。玩了大半天，趁父母回來前跑回家，裝作老老實實一直待在家中的樣子。但很快事情便敗露了，因為二姊那時高燒不退，過了兩天便離開了。大姊最近又提到此事，頗為傷感，跟我們說：大眼妹的遺體用木箱埋在博愛醫院的後山，連拜祭的地方也沒有。說著，眼淚快要奪眶而下。

我出生後，大姊總帶著我跟她的好友到處玩耍。大姊比我大八歲，我比妹妹大八歲，我們三人正好形成兩個時段：大姊負責照看我，我照看小妹。都是不到十歲的孩子肩負起照顧弟妹的重責。我每天跟著大姊遊山玩水，不聽話時，她急了打我屁股，我哭了，她沒辦法，也跟著哭，結果經常是二人同哭。我和大姊照看弟妹的經歷大致相同：孩子貪玩，自然覺得弟妹礙手礙腳。到山裏採山稔，到海邊捉魚捉蟹，後背上的孩子日曬雨淋，一頓飽一頓餓的，晚上胡亂餵了點東西，幫弟妹洗洗便讓他/她睡去，自己做飯。我們家裏的孩子們就是這樣拉扯大的。幸運的是我和妹妹都沒有在出麻仔期間吹風，得以存活。

大哥是村裏出了名的頑童，大人小孩都怕了他。大人怕他鬧事、搞破壞；小孩怕被他打。當然他並非見誰都打，而是見義勇為，懲惡懲奸。畢竟，大哥那時也是個孩子，喜歡玩耍，只是他的孩子氣比別人更多了些活力和破壞力，而他的童真也維持得特別長。

那天晚飯後，大哥做暗號叫我們跟他去玩。我們好奇跟去，他一直不說去玩甚麼，直到把我們帶到目的地，才給我們一個驚喜。我們跟著他靜悄悄地穿過陋巷，只聞得豬糞的臭味，我們掩著鼻，擠進狹窄的小巷，大哥指著豬圈裏那八九隻鮮嫩粉紅色的初生小豬，正在母豬的乳房下努力地啜著奶頭。母豬躺著，沒發現我們。我們看著，歡喜雀躍，大哥馬上叫我們噤聲，不能被人發現。正沉醉觀賞間，一隻大手把我的衣領從後面抽住，二哥也同時被捕。那是豬的主人劉民。那時已不見了大哥。

劉民把我們帶到我們家對質去。他手裏還拿著一瓶通渠水，那是腐蝕性液體，對父母說：「你看這些孩子要毒死我的豬，你們看如何處置？」我們一路上被押解已嚇得面無人色，這時只管啼哭，也說不出話來。父親說：「怎麼可能？孩子好奇看小豬是不對，但絕不會有害豬之心。」劉民不幹，堅稱要報警、賠償，開天殺價。……費盡口舌才打發了他回去，代價是在他面前行刑——藤鱔炆豬肉！父母情知大哥才是主謀，我們也感覺到他們下手時的心痛。

大哥一晚上沒回家。但始終還是逃不過。

大哥的另一驚人壯舉是非法駕駛。按法例，凡未到合法年齡又未考獲駕駛執照而駕駛機動車輛，皆屬犯法，俗稱「揸大膽車」。那次被追捕前，大哥和手下幾個孩子已揸過幾次大膽車，最遠去過荔園。村裏有車的人很少，馬致興兒子就是少數之一，他的車成了大哥他們的目標。每次深夜出動，安然回來，都能瞞過去。那些天，馬因為汽油消耗較快，已起疑心。那天晚上，馬正好要開車，發現車子不見了，立即報警。警察沿著流浮山車站三條路巡查：往沙橋、元朗和白泥方向，尋了一夜。終於在往白泥的路上看見那開得搖晃不定的車子。車上的四人慌忙逃跑，有往山上去的，也有下水的。結果抓到了上山的那兩個。大哥和植仔就不知去向。當晚大哥又是一夜未歸；凌晨有警員到家裏敲門要人。

那次被抓到的二人要出庭、被罰。大哥卻因為沒有當場被捕，僥倖避過。那次僥倖，倒令他膽子更大了，玩耍更是變本加厲。

玩耍的喜與悲

玩耍帶來無限的歡樂和悲傷。小孩愛玩耍，在玩耍中得到快樂，也從中學習了不少技能、知識和道理。當碰壁之後，受罰了，有人學會了分寸，但有人卻明知故犯、再犯。我們跪地主公，吃藤鱔炆豬肉不算甚麼，但為何跪完了再跪，吃完又再吃？為何這麼沒耳性？小孩子的玩耍欲望，總是超過嚴刑峻法的威懾，到了反叛期就更是如此。我們曾目睹大哥被父親綁在門前的苦楝樹上，用棍子毒打，一夜不放。父母盛怒下，我們害怕。雖然教導的方法不同，但愛子女之心永恆不變。只是當年所感受到的大多是憤怒和嚴苛，而背後的愛卻總被怒火掩蓋著。玩耍有罪嗎？為何要如此限制、懲罰？今日處在父母的角度和當時的經濟環境和家境回看一下，方才理解。當年錯怪了父母，但醒悟總是來得太晚。

學習班與三合會

政治風景

我們村裏的政治十分複雜。每年十月國慶，分兩次慶祝。街上掛的旗幟和花牌，由左右兩派輪流主導：慶祝過「十一」後，隨即便撤換這些裝飾，輪到「雙十」。當然，主辦和參與活動的團體由兩派不同政治立場的人組成，兩派多年來一直對壘角力。

另一個複雜的政治風景由眾多的「字頭」形成。所謂字頭，即三合會的不同派別。我們村裏較附近的圍村複雜，是因為字頭太多，因此內部矛盾、鬥爭也很多。

曾幾何時，流浮山村民與厦村佬發生過打鬥。我用的這個「佬」字，來自他人轉述，帶有幾分敵意。雖然也是野蠻行為，但最起碼別的村裏能有一致的目標和信念，總比內部分裂好得多。據説厦村當初欺負我們村，是因為我們人少；後來從大陸「逃亡」過來住進村裏的人多了，他們才不敢再欺負。可是，我們村裏從此也分出門派，發展成更複雜的政治格局。

生活在這種種複雜局面中，我們感到惶恐和無奈。

學習班「學習」記

學習班的全名是大陸在一九六〇年代末盛行的「毛澤東思想學習班」。這些發生在大陸的運動，竟在我們村裏也流行熾熱起來。

每年「十一」的慶祝，頗為熱鬧。街上掛滿五星紅旗，酒家外是簡體字「庆祝国庆」和「欢度国庆」的花牌，有宴會和即場表演。我最早觀看的樣版戲，大概是〈紅色娘子軍〉、〈白毛女〉和〈智取威虎山〉之類，這些劇目都是長大後讀書才知道的。當時覺得那些演員很趣怪：一個個臉蛋通紅，五官畫得很誇張。待到他們出場，由於政治需要，人人都要熱烈鼓掌；演出時人人都是鴉雀無聲。他們那些做作的表情和動作，記憶猶新。尤其是那個典型的革命姿勢——彎曲的向前的手肘、臉面和視線呈四十五度角朝天，身體前傾，腿腳是前弓後蹬的馬步，幾個大姐姐同一動作，幾個穿軍服的叔叔也是同一動作，像雕塑一樣。雖然普通話對白和唱詞完全聽不懂，但也能深深感受到其嚴肅氣氛。我們小孩子一聲不敢哼，直到謝幕，大人拍掌，我們也跟著拍掌。

村裏左右兩派的對立，不知起自何時。我們感受到的是政治壓倒一切，竟把傳統的鄉里情誼完全壓倒。村裏大都是來自沙井的新移民，大都是解放後大陸進行「大躍進」、「人民公社」、「三面紅旗」等運動，雷厲風行之時，逃跑過來的。令我多年來大惑不解的是：這些逃亡來港的人，當初無非為了擺脫大陸的政治環境，但為何到港定居後，卻又要忠於主席忠於黨？他們組成強大的力量，與右派在這小村莊，各自為著自身信仰和政見進行鬥爭。村中不少人來自同一個鄉下即沙井某村，通常同村的都是同「房」，有血緣關係甚至親戚關係。沙井各村的人來到流浮山，理應同舟共濟；可是當政治掛帥，把這一切都壓下去，同村人不少竟成了陌路人，成了死對頭。

左派的「學習班」力量頗大，定期有聚會。大概在晚上九時，家家吃完晚飯後，都到坑口村某人家裏學習。一次，大哥背著父母，偷偷帶著我和二哥，一同跑到學習班去。我問去哪裏，他說：「跟我來就知道。」當時大哥只有十一、二歲，出了名的頑皮，我和二哥只有六、七歲，好奇地跟了去。

那裏人山人海，擠得水泄不通。我們費力地從大人的腰股間擠進去人羣。我說：「太擠了，幹嘛？不如回家去吧。」大哥卻緊緊地領著我和二哥的手，不讓走。「不准再說回去，大人會抓你。」把我和二哥被唬住，不再嚷著回家。抬頭看著那一張張表面是赤紅火熱的臉，我心裏卻是一陣陣冰寒水冷。

「學習」開始了。那時我已倦眼迷瞪，大哥叫我們跟著大人肅立，唱〈東方紅〉。我心裏著急，不知道甚麼是〈東方紅〉。雖然隱約聽人哼過幾句，但卻不知它是甚麼，加上不懂國語，所以從來就沒有學會過。我們只管閉著嘴，大哥卻不斷推我和二哥，促我們跟著唱：「不會唱也要唱。」「不會唱怎麼唱？」「不唱會被抓！不會唱也張嘴跟著哼。」我們害怕，只好跟著調子，張嘴胡亂地哼。只覺得很傻，但是更多的是戰慄和心寒。下一首是從未聽過的革命歌曲，也照樣的跟著「啊啊啊」的哼。聽著大人們激情而響亮地唱，我們稍稍放鬆，因為被他們的高聲掩蓋，只需張嘴便可。

唱完革命歌曲後的「學習」卻是用沙井話進行。講的政治內容我們更是聽不懂。我在大哥耳邊不斷地嚷著說睏了，要回家，他左右為難，因為一走便被視為叛徒，幾經掙扎猶豫，對我們說：「再等一會兒行嗎？要回去自己走。」由於坑口村回家這段路沒有街燈，漆黑一片，我們怕鬼，所以便勉強留下。不過大哥最後還是不忍心，帶著我們從人羣中偷偷遁去了。

離開會場，如釋重負。一路走著，背後偶爾來一句口號，一唱百和，人聲驚破這黑夜的寂靜，不一會，又靜止了，回到死寂、漆黑；一會兒又是一陣喧鬧……。聲音離我們越來越遠。兄弟三人摸著黑，我怕背後有鬼伸手來抓，不住靠向大哥身旁，小手緊緊地扯著他的衣角不放。

路上大哥說：「今晚的事千萬不要告訴爸爸。」我們雖守口如瓶，但畢竟還是漏了風聲，也許是村人跟父親說：「你三個兒子都參加了，你還猶豫甚麼？」後來才知道大哥的好友蛇王威叫他去，他一人不敢去，偏要我們陪他。蛇王威的父親是「學習班」的組織者之一。

父親知道後大怒，懲戒了大哥，也警告我們千萬不能再去。我心說：我才不會再去呢，難受死了。

左右不為難

當左派橫行，村裏同時有右派與之抗衡。左右兩派各自爭取會員，坐大勢力，結果，村裏的人要麼是左，要麼是右，爭端日熾，矛盾日多。

起初，十一和雙十我們都會參與宴席。父親把二者看作村裏鄰舍聚餐聯誼，各買幾張餐券，讓我們也去大吃一頓，有表演看，也有抽獎活動，十分高興。但當左右兩方鬥爭愈演愈烈，再加上陳牛事件，以及後來我們蠔埔被侵佔，我們出海被卡賓槍指嚇、逃命，從此便與學習班決裂。後來他們更派出巡邏船在海上檢查，說是維持治安，防止偷蠔，實際造成滋擾，更令蠔民反感，我們就更加遠離左派了。但這並不代表我們親右。父親常對勸他加入右派的人說：大家同鄉同村的情誼能維持就足夠了，不用搞甚麼左派右派，無端生出是非。結果是左右不討好，也左右不為難。我們再也沒有去十一和雙十的宴會。無黨無派，雖無人「保護」，但倒也樂得清靜。

然而那些日子一點都不清靜。既不是左右不為難，也不是左右逢源。左派的人往往諸多動作，最常見的是誣告不合作的人偷蠔，其實是他們自己派人幹的，留下「證據」指控好人。右派見此，往往站在被誣告一方，說要幫忙出頭。父親卻從來不買任何一方的賬，繼續我行我素。更有一次在海上與左派爭執，船隻行走時，船纜纏著父親的腳，幾乎把他拖下水裏，要他的命。那左派的竟是父親堂姐夫的弟弟。就是這樣，政治派系凌駕在親戚、同村人甚至至親之上。我們想做不左不右的人確實不易。

字頭

三合會是村裏另一種分類法，把本來是同鄉、同村、同學等關係都掩蓋了，往往因為字頭不同而互相廝殺。

三合會源自反清復明的組織，後來演變為黑社會。我們村裏本來就沒甚麼文化，人人為了自保都會各自找靠山，除了左右派，更有勢力的就是黑社會。尤其年輕一代，甚至以加入黑社會為榮。自己加入後，又收攬手下，一代接一代，成為大佬後進而成為阿公，更是不可一世。

所謂字頭即各個黑社會的派別。最微妙的也是最危險的是，村裏的字頭眾多，而它們之間有敵有友，一旦兩個不睦的字頭的人狹路相逢，那怕二人是親戚，也會發生矛盾，甚至打鬥，甚至要命。當時村裏至少就有四五個字頭，如勝廣、海旁、A18、德新安、王和成等，各有地盤，但當有利益衝突便大打出手。

那些利益包括走私、屈蛇、買賣白粉、開賭等，弄得村裏烏煙瘴氣，人人側目，但又敢怒不敢言。

我們甚至開玩笑說：我是在惡人谷長大的。可這惡人谷比起小魚兒的那個複雜得多，因為字頭太多。可憐的孩子們，他們目睹某些字頭勢大、威風，往往幻想自己也會成為江湖大佬，紛紛被不同的字頭收為小弟，盼望日後成為大佬，成就大業。結果，村裏的孩子們很多都沒有繼續讀書，改變了發展方向和人生規劃。地方的黑勢力日大，矛盾日多，字頭之間的鬥爭也多起來了。

刀光劍影

鄉村的純樸氣息很早便遭到染污。我們騎單車、追逐玩耍，一旦越界便會遇上麻煩。一次，我們幾個孩子們騎車往坑口村，路旁坐著幾個凶神惡煞的人，有紋身的，也有抽著煙的。他們當街把我們截停，說：「甚麼字頭的？」我們不敢說，因為如果說的是同字頭還好，不同就更糟；況且我們根本就沒有字頭。我們當中最高大的小寶首當其衝，胸膛和肚子早挨了幾拳，接著便是破罵恫嚇和警告，叫我們以後不准再來，見一次打一次。又有一次，吃過晚飯後跟小寶他們一同出去玩耍，到處跑，一次在鰲磡村被人截停，又是髒話連篇的臭罵和恫嚇。

另一次是在小桃園後門空地玩捉迷藏遇險。黑夜裏突然見到爛秋帶著兩個手下走出來把我們喝停。我們未及叫一聲「秋哥」，他像是變了一個人似的破口大罵：「X你老母，你們做甚麼XX？甚麼字頭的？……」我想：爛秋是中了邪？還是吃錯藥？我們十幾年鄰居，幾乎天天見面，你不認識嗎？竟像發瘋一般喊打喊殺！我們見狀，只好道歉，且道且退，他還是步步進逼，要拿棍子來追打，幸好我們跑得快，否則很可能頭破血流。後來回想，一定是爛秋新收了那兩個小弟，想藉此機會在他們面前來一個下馬威，拿我們當靶子。如果能把我們打一頓就更加威風。

這些遇險都屬小事，我們還見過刀光劍影的場景。那天晚上我們在達財哥房子的天台玩耍，突然，街上的人倉惶逃跑，各自回家，接著是一幫人，手裏拿著牛肉刀、三角銼、水喉通等常用的打鬥武器，在街燈映照下閃爍著劍氣刀光。那些人在下面轉了幾圈，作包圍勢，正在找尋敵人，只要見到便一刀結果了他，只是一直沒見人。我們在天台俯瞰著，總算避過一劫，既避過誤中副車之險，也不用目睹殺人一幕。那晚一直躲在達財哥天台，不敢下樓，不敢回家，至深夜才與小寶、阿金等結伴戰戰兢兢地回去。

殺人了！

我們雖然沒有目睹打殺場面，但見過血跡、聽過死傷。那些都是村裏內部矛盾的結果，是字頭之間的仇殺。

一天放學下車後就見到高佬躺在正大街上的血泊中。只見街上空出一塊，我覺得奇怪，只管繼續往前行，忽見平日遊手好閒，常在龍珠堂出現的高佬躺在街上，氣若游絲，一手按著胸前的傷口，露著不時還跳動著的肚皮，已是昏厥過去，失去知覺。但卻沒有人敢走近，大概是怕被誤為同黨。我也只好繞路回家，不敢回頭看。

過了幾個月，又見到高佬在遊手好閒，才知道他那次大難不死。

我所知道死於黑幫仇殺的起碼有三人。第一個是銀城。他弟弟小城是我的小學同學，一次在龍珠堂練鼓時他給我看一件沾滿血跡的龍珠堂T恤衫，說他大哥如何被仇家斬死。那時我才知道他家幾兄弟還有過這個兄長。另一個是榮福，他和我大哥的同學維達是A18的大佬，一次被勝廣的大佬輝啓追斬，二人傷勢不算重，但榮福逃到魚塘邊，傷口沾了水，得了破傷風，翌日失救而死。維達的胳膊受傷，此後一直行動不便。輝啓被香港警察通緝，只好逃跑，坐大飛回到大陸，一住就是二十多年。後來才知道他為何這麼久都沒到我們蠔檔找父親聊天。

第三位死者的死轟動了全港。他叫明澤，是我的小學同學筱婉的大哥，棟記海鮮的太子爺，更重要的身分是A18的大佬。命案的起因也是利益紛爭引發的幫派仇殺。他們向正大街各魚欄碼頭收取的保護費，據說那一直是勝廣的地盤。明澤的鋪頭地處欽記魚欄正對面，覺得自己近水樓臺，為何肥水流向他人而不是日益勢大的自己？於是派人到各魚欄碼頭恐嚇，怕事的只好給兩個字頭交保護費，但久之也受不了，而勝廣那邊的人也被A18趕走。A18一時雄霸所有魚欄。為了展示聲勢，明澤召集了數百人，各人頭上綁著頭巾，寫著寶號名稱，聯羣結隊，手裏拿著旗幟和兵器，一同步操至欽記碼頭，大有誓師之勢。這是父親目擊後告訴我的，並評價說：「儼然就像在天安門遊行的聲勢，多麼威風，多麼了不起！」

勝廣的大佬小弟們自避其鋒，伺機而動。那時勝廣的大佬輝啓早已因維達遇害而潛逃到大陸。但對於明澤的氣焰和欺壓，正在醞釀對策。據父親轉述：輝啓指派了殺手二人，裝扮成漁民，每日從對岸蛇口駕駛大飛跨境到來，帶著漁獲到魚欄去打盤。每日在明澤鋪頭門前經過，又或是從對面的欽記遙望過來，執行頗長一段的「點相」任務，除了鎖定目標人物，更要清楚掌握其每日活動規律，並計劃事後逃走路線。只見那明澤每日嘴角叼著半根煙，手裏拿著秤、魚網或海鮮，忙碌工作，指點手下等。殺手「點相」點了一個多月，已把人物、活動時間規律和地理環境摸熟了，方才動手。

案發當天，我從元朗坐車回來，只見整條正大街都封鎖了。車站外停靠了大小警車十來輛，全都閃亮著紅藍警報燈。警察正在疏導人流，叫我們繞道而行。我回到家來，父親敘述事發經過：陳棟的兒子明澤被人開槍打死了！那兩個殺手早上開著快艇登岸，推著海鮮到明澤鋪頭門前，問：「你是明澤嗎？」雖已點相多時，但出手前也要確認一下。「是，找我有事？」話還沒說完，只見殺手一人把明澤擒住，把他的頭按在地上，另一殺手從口袋裏掏出手槍，「啪，啪」兩槍，打向明澤的太陽穴，大腦即時停運，當場死亡，鮮紅的血淌滿一地，與地上積水混和著，很快便瀰漫四周。這時，殺手氣定神閒，往海邊徐徐走去，登了快艇，起了錨，轟隆幾聲便到了海中央，片刻間已失去踪影。父親說：「早已到了蛇口，正在歎茶呢。」這邊廂，有人報了警，警察到來時，殺手在彼岸早已歎完了茶，並已把「尾數」——即買兇費的未付金額——也收齊，逃之夭夭了。香港警察怎樣查？怎樣追？只能封路、收屍、蒐證，立案調查，但對這無頭公案，茫無頭緒。當晚的電視新聞和翌日的報紙大肆報導，標題為「黑幫仇殺」、「殺手越境行兇」等，轟動全港。

同村成仇

昔日蠔民一同出海作業的畫面，與敵對狀態頓然成了強烈的對照。那時父輩們初來乍到，在這海邊建立了各自的家園，每天乘汐而往，背負落霞而歸，說說笑笑，辛勞和疲累已驅除了大半。當各自的孩子出生、成長，互相替對方欣喜。小孩之間有不少成為了同學，也建立起友誼。但當外來政治勢力、意識形態和三合會文化一旦侵入，一下子便凌駕了友情、親情和鄰里之情，原有的溫馨和諧便一下子把這些情誼都顛覆了。親戚成了插贓嫁禍，誣告你偷蠔的人，每天駕著插著學習班旗幟的船滿海裏巡邏、恫嚇，甚至讓大陸那邊的人員非法越境抓人、拘留，乃至殺人。他們還認你這個親戚、同村人嗎？當孩子長大後，加入不同的字頭，便把一切情誼、關係都摧毀了。當甲家的孩子殺了乙家的孩子，兩家當初患難與共的同村友好鄰里，甚至親戚同學之情，變成了血海深仇。

從此，淳樸的鄉村，瀰漫著腥風血雨。人人不認親友，只認幫派字頭。放眼古今中外，何嘗不都是這樣？

買賣與出賣

「流浮山，金銀灘，各國貨品來競爭。……」

當年海舅父作的這首打油詩，我只記得開頭這幾句。因為受到鄉音的影響，韻腳並不諧合。這首詩加上舅父的書法和我畫的帆船海灣，呈現在一塊夾板上，掛起來，成為那年開鋪時的廣告牌。

一九七八年那次「大放」，海舅父搭上了從彼岸開來的蠔輪來到香港。到岸那天，風聲緊，水警輪在近岸到處巡邏。大人們都不敢去接人，派了我和二哥撐著小舢舨去接。舅父終於來到夢寐以求的香港，當時便立下誓言要闖天下：「我不僅要到香港，還要漂埠（即出國）。」他的志願是要從蠔輪轉乘豪輪——豪華郵輪，或者飛機，到外國去。他們那一輩知識分子，在大陸一直有志難伸，這時以為終於有了大展拳腳的機會。

來港不久便發覺這條路不好走。海舅父在鄉下當中學教師，來港後沒有執業資格，卻自詡甚麼工作都能幹。不到一個月，在九龍行工作時，搬運貨物不慎扭傷了腰，休養了好一陣子。後來與母親商議後，聯同他們的堂弟即隆舅父，三人合力開設了「成記行」——這招牌用了父親名諱「成」字，而「X記行」的命名法顯然是從九龍行借來的。從那時起，我們家變成了商鋪，一幹就是兩三年。

這段經歷，是流浮山商業史上的繁榮鼎盛的重要助力。

徒步至元朗

父母初到香港時，輾轉又回到這海邊小村落。父親的折返，大概是由於在九龍工作不適應，更主要的是要依靠別人，看人臉色，很不自在。結果又長途跋涉地搬回這當日來港時登岸的故地，重操故業。天天看海，遙望對岸家鄉所在，以解鄉愁。一住就是半個多世紀，村裏的每一個微妙變化和人情世故，如數家珍。

元朗是離村子最近的繁旺市鎮，一直是村裏各種資源的主要來源地。但早年的交通很不便利。通往市鎮的只有一條泥路，唯一的一條巴士線是24號，行走元朗與后海灣之間。這是我兒時記憶所及；實際上何時通車，就非我記憶能至。只記得母親說過：有一次她和毛嬸二人坐24號巴士，站不穩，摔了一跤，從車頭滾到車尾，當時肚裏懷著我，險些沒流產。由此得知24號巴士很早就有。有了摔倒的經驗後，加上每次坐車都暈浪嘔吐，她們便放棄了坐車。母親憶述坐車之苦如此：早飯早已吐光，接著吐的是黃膽水，然後是吐無可吐，精神迷糊之際，心裏只恨巴士為何還沒到站，只盼一到站便下車，立刻離開這害人的怪物。

此後有一大段時間，母親和毛嬸二人結伴徒步來往元朗與流浮山之間。每次遠行，先吃過早飯，沿著泥石路，走兩小時才到。在元朗吃過帶在身上的午飯，便開始買東西，掛在擔杆兩頭，一路挑回來，又是兩小時的腳程。就這樣遠行購物，每次來回就是一整天的工夫。帶回來的都是些日常生活用品，從衣物至蔬果肉食，油鹽醬料等。唯一不用長途運來的是海鮮類食物，因為村裏多的是。

正大街與元朗

位於流浮山正大街的裕和塘大酒家，自我有記憶起已一直在經營著。據歷史記載，流浮山公路於一九六一年修建完成後，原本只是蠔塘主的裕和塘老闆鄧氏，是廈村鄉人士，他們把那個鋪位改建成了裕和塘大酒家，成為村裏第一家海鮮食肆。

公路的開通帶動了村裏的商業發展。除了裕和塘招徠了遊客生意，本地人日常所需也基本上得到滿足。當年的正大街，大致能提供衣食住行。其中，衣的方面最少，只有何新記百貨，但他們賣的並不止「百貨」，日常用品，我們上學的校服自不待言，連書包、鉛筆、文具也有出售。何新記旁邊有張潮豐玩具，也有平叔理髮店，後來蠔會那邊開了阿黃理髮。我們兄弟總嫌平叔剃頭剃得太短不好看，又不時因視力不好而剪傷頭皮和耳朵，所以更喜歡光顧貴一些的阿黃，因為他剪的花旗裝，加上頭蠟，三七分界，也可吹波，帥得多，也不用流血。過年過節尤其講究裝扮。食的方面，光是豬肉枱就有萬記和九培兩家，後來從大陸來的兩兄弟又開了一家。魚檔就不待言，除了幾家魚欄批發下來，還有輝嬸魚檔和其他漁民在街上臨時擺賣的地攤。菜檔有洪記、譚全等；雜貨有志興和合成；茶居有海灣、龍如、祺順祥和張記；冰室有德樂、安樂園和天記，士多則有林哥、陳合利等。吃飯的地方，那些海鮮酒家我們是吃不起的，經常進出其間只是為了送蠔。平時餓了最常去的是桂記燒臘飯店，本地人都叫它雞記。吃粥品粉麵則有金蓮和肥佬兩家，都是坐在長板凳上放的小板凳，圍著檔主吃。水果檔有洪記和耀記兩家。除了照顧生、老，還有照顧病、死的：藥店有維昌泰和大昌堂，各有中醫師駐診；拜祭、超度的有安記喃嘸鋪。總之，整條正大街及其周邊，應有盡有，不愁起居生活，養生送死。圍繞流浮山小學的士多、麵檔和茶餐廳，則為我們小學生活提供粥麵、油條、腸粉、薄餅等早餐和汽水、零食等。

母親不用徒步走到元朗便能應付日常所需，但元朗還是十分重要。不用走路到市區的其中一個原因是慢慢學會了坐車，漸而不用忍受暈浪和嘔吐之苦。尤其到了每月初一、十五的墟期，元朗的雞地是她們必去之地。除了買雞鴨豬牛，也去買剛孵出來的小雞回來飼養。我喜歡養鴨，母親也買了小鴨回來讓我養。此外，我們養的金魚、鳥兒等，流浮山都沒有，要去元朗買。父親也十分喜愛去元朗，除了逛街飲茶，吃雲吞麵，還有看電影、買衣服，生活多姿多彩。我們經常纏著父親，叫他帶我們去元朗玩，除了看電影、買玩具，最高興的就是過年過節時去元朗娛樂場，那裏有摩天輪、旋轉木馬和各種遊戲。在市區的荔園太遠了，我們很晚才有機會去了一趟，代價又是暈車浪和嘔吐。

利潤主導

金錢的誘惑誰能抵受得住？只要看看今日的正大街：從前那些衣食住行的店鋪全都變了模樣，所有盈利不大的買賣都一一被淘汰，鋪位被最能賺錢的生意收購、兼併了。我們家經營了二十多年的陳成記鮮蠔也在八十年代末關門了，鋪位被海鮮檔收購掉。現在生活在村裏，根本不能應付基本的衣食住行，買菜買肉，都只能到元朗或屯門。整條正大街，不是海鮮檔就是酒家，還有零星幾家賣零食、旅遊產品的，但也是以賣海味為主。這些都是最賺錢的生意。流浮山很早便是一個旅遊熱點，它經歷近年來利潤主導的變化，昔日的蠔村生活氣息不斷因此而消退。

最大的變化莫過於一九八〇年前後。一九七八年的「大放」，大陸先放來了一批人；隨之而來的是村裏商機四起。「大放」後移居香港的大都到了市區開展新生活；沒有移居的大陸來客則有了自由進出的便利，但由於連接外界的唯一公路上的沙江圍，長期設置著警察檢查站，大陸訪客們的活動範圍只能限於流浮山。他們既享有跨境出入自由，何不利用這個方便之門做買賣？他們都是乘著自己生產隊的船過來的，每次只停留兩三天，在船上住宿。

大陸訪客帶動了商業發展。他們起初只是在正大街購物帶回鄉下給親人，但後來越做越大，鄉下親友的要求越來越多，正大街的店鋪售賣的貨品已不能滿足需求。村裏有眼光的人便抓準商機，紛紛轉行，尤其是靠近海旁的住戶，一家家住宅逐漸轉型變成了商鋪，而且利用有利位置，包送貨上船。當時我們這個破落村莊，還竟然開了一家恆隆銀行，就開在我家斜對面。每天看見那些穿著制服的銀行職員在村裏上班、下班，總覺得他們與小村的純樸色調很不協調。只因當時村裏的流動資金突然大增，銀行服務便有了迫切的需求。

成記行開張

就在那時，兩位舅父在我家開辦了「成記行」。海舅父自「大放」來港，在九龍行工作受了傷，一直賦閒。母親一心想為弟弟找一份不用出賣勞力的工作，當時又眼見村裏有此商機，家家陸續開業賺錢，便找來了隆舅父，三人決定開鋪做買賣。由我家出資買貨，家裏養過幾年豬的豬欄變成了貨倉，我們兄弟成了運貨、送貨工人。從此，除了幫父親出海做蠔、在蠔場賣蠔，我們又多了一份新差事。很快，成記行便上了軌道。

真沒想到，由住宅變成商鋪的代價這麼大。原來，政府部門一旦批出商業牌，再也轉不回去住宅牌。這一來，令父親憂慮了幾十年，怕晚年連個棲身之所都沒有。開業之初，只有家門口的兩三張桌子展示商品，但很快便繁榮起來。家裏一天到晚烏煙瘴氣，熙來攘往都是大陸客人，兩位舅父十分高興，但我們的生活就大受影響。不能專心做功課，是因為任務太多：除了經常要幫忙送貨到船，也要跟隆舅父負責開的客貨車到九龍採購貨物。那期間，家裏人來人往，失竊了不少財物，包括我用新年利是錢新買來的山度士手錶。當時真的很生氣，但為了生意，犧牲了家庭溫暖，只能無奈接受。

生意雖好，但利潤非常微薄。主要是由於競爭對手太多，因此我們掙的沒多少是生意獲利，更多的是勞動力換來的丁點報酬。當時最搶手的有太陽眼鏡、百褶裙、卡式唱機、唱帶、音響組合、絲襪、電風扇、布匹、芒果、掛鐘等。為了搶生意，同業的竟能做到一副太陽眼鏡只賺一毫，甚至豆鈴（即五仙）。客人中有不少是大陸的三服之內的叔伯、同村同姓的或父母的好友，剛開始都因這種種的關係光顧我們，但忽然一聲不哼，悄悄地跑到別的商鋪，為的竟是那一毫五仙的便宜差價。父母、舅父們感歎道：「竟然如此！他們但凡說一聲，我們可以減到同樣價錢呀。」與同業打的減價戰沒日沒夜，有時還派我們當探子，刺探別家的價錢。父母二十年的好友啓旺哥，不久也開鋪做大陸生意，就是在那時的減價戰中與我們斷的交。我們上了人情冷暖這一課：金錢、利益比親情和友情都重要；而這一課發展到後來更加深刻。

買賣，出賣

利慾薰心，村裏的買賣很快便演變成非法活動。為了爭奪生意，留住客源，成記行也只能加入這種鋌而走險的勾當行列。那是走私活動，先是個人從港至中帶貨，然後是中港單向走私，後來發展成雙向。

走私指的是不遵守政府規定而私運貨物。起初，大陸客人們從港界帶貨，但不知道某些貨品要課稅，尤其是電器。後來被大陸那邊的海關船截獲、扣留和罰款，並把貨物充公，才知道犯了法。此後，過境帶貨回去便不能大模厮樣，想出了許多法子避過檢查。最常用的是用幾層塑膠袋把貨品密封，用繩子將它們吊著，放入水中，船隻慢行，遇到海關船上船搜查也查不出來。從此，成記行也跟隨其他商鋪，購置了塑膠袋封口機，為顧客提供包裝服務。此外又有在船底裝置暗格等方法，瞞天過海。

後來發展的由中至港方向的走私活動所涉金錢才是最驚人的。首先是藥材、野味等，從船上卸下來的是一個個大麻包袋裝得鼓鼓的天麻、杜仲、川蓮、川貝、淮山等藥材；也有用籠子裝著的穿山甲、蛇、山雞、果子狸、野貓等，還有用水在盆中養著的鱉、金錢龜、娃娃魚等。後來覺得這些太佔地方，不好收藏，獲利不是很高，轉而發展至冬蟲夏草這樣的高價藥材。最驚人的是銀元：有袁大頭、孫小頭和其他樣式的銀幣。這可是偷運文物出境啊！

無奈，明知這是犯法，村裏各商鋪都搶著收購。好處是：你收購了這些來貨，客人也順便在你的店鋪買貨，一來一往，以物易物，互相支付的金額差價並不太大。最重要的是要留住顧客：如果你不收購他們的貨，他們便往別處跑。就這樣，成記行也成了收購點，而且還不斷與同行打價格戰——這回是價高者得，當然仍是不顧甚麼親情友情了，金錢才是最有情的。

收購這些私贓後便要想法子出貨。中藥材還可以，因為香港這邊的買家一般會派車來收；要是自己送去，出元朗路上的警察檢查站也不會太為難。但銀元就麻煩了。因為它們屬於文物，一旦被抓到，便要坐牢。但是為了客源，又不能不收，因此要冒險，想法子非法販運。隆舅父想到：把客貨車前排乘客座位底下軟墊掏空，把銀元塞進去，人往上一坐便覺不出來。可是，車子行走時，一眼就看出車身往乘客座位這邊傾側，但僥倖每次過警崗都順利。一路開去上環摩羅街出售，開得很慢，又要在佐敦道碼頭等汽車渡輪，回程路上順道在大角咀取貨，所以一去就是一整天。

繁華的代價

做買賣有賺有虧，各有不同的結局。有人風生水起，有的血本無歸，有的坐牢，有的連性命也丟了。

大陸船的自由出入後來被限制了，活動隨即有了新的轉向。新的圖景是一幕幕的海上警匪追逐。海面忽然出現了不少俗稱「大飛」的大馬力快艇，只需十分鐘左右便能開到對岸蛇口，有人接頭。就這樣，大飛每夜出沒不止，直到今天也仍在活動，只是貨物種類從日用品變為更昂貴的奢侈品。大飛初出的那些年月，經常聽見海上喧鬧，水警鳴笛廣播警告，混著大飛高速逃竄的噪音。那時還聽說阿慧的年輕丈夫為了賺工資，跟大飛「送貨」，在逃奔急轉彎時，漆黑中墮海，連屍首也找不到。這一類事件，不知發生過多少次，要了多少人的性命。

做大陸船生意造就了不少暴發戶。他們趁著再度「封港」，自覺也是時候「上岸」，拿著錢做別的投資去。啓旺哥便是其中最傑出的例子，他後來在深圳開工廠，開酒店，成為了鉅富。我們的兩位舅父也撈到不少：海舅父拿著錢在深圳買了兩套房子，隆舅父平時去採購已收了不少傭金，早已發了財。二人分了紅便散了。

我們家卻是白幹了兩三年。村裏的人都以為我們發了，爭相問父親：「賺了一百萬了吧？」父親只是支吾以對，其實是啞巴吃黃連——黃連是那時收購的藥材之一，我們都嚐過，確實很苦。舅父們把錢都分了，留給我們的是那些賣不出去的貨物，算是分給我們的一份。那些貨物一直堆在豬欄倉庫裏，最後變舊變壞，變成了垃圾，還要我們清理。

父親至今仍不時說起這段舊事，十分激憤。他自己不識字，加上尊重母親對兩個弟弟的信賴，只能放手並拿出由賣蠔賺來、積攢的血本。此外，也恨我們年紀小，沒有一人能插手生意，只有當搬運工人的份兒。結果是竹籃兒打水，一場空。然而我們並不是「空」，因為還要清理舊貨；更重要的收穫是看清楚人情冷暖和金錢至上的道理。

海舅父的出國夢並沒有實現，反而是賠了夫人又折兵。他把女兒嫁給廈村人，因為知道他們要移民去荷蘭；自己一心想出國，沒出成。後來，海舅父得了癌症，六十歲便去世了。每次回想起他的奮鬥史，憤怒與哀傷交疊，心情很是複雜。

點算一下，賣出了多少貨品？出賣了多少尊嚴、原則、友情、親情、人格？這些值多少錢？

出城

「出」與「入」

本篇題為「出城」，用粵方言義，尤具香港特色。現代漢語的「進城」與「出城」，兩者朝相反方向行進：進城謂進入某城市；出城則指離開某城市。可是，粵方言的出城，「城」字變調唸作 seng2，指稱的行動不僅與現代漢語相反，而含義更為具體，也帶有感情色彩，它所描述的是某人從一個較偏遠、落後的地區，進入一個較繁華熱鬧的地方。在香港，人們早已把九龍和香港島視為「城」，而新界則是「鄉」，甚至是「鄉下」。至於大陸，就更等而下之。稱作「大陸」，不單是英文 continent 的字面義，而是帶有貶義；較客氣的說法大概是「內地」。在互為因果的發展中，這些態度孕生了一套慣用動詞，在使用時，也明顯區分了各地的高低貴賤。試看：從大陸去香港，叫「出香港」，反之叫「返大陸」，舊時帶有失敗而回之意，至今仍稍微帶有貶義（近來則出現一個相對中性的「北上」一詞）；從新界前往九龍區或香港島，叫「出九龍」、「出香港」，而我們鄉下話更有「出大港」的說法；相反方向則叫做「入新界」、「入元朗」等。七十年代由譚炳文和李香琴主演的〈大鄉里〉電視劇和電影，最典型地描劃了一對鄉下夫婦「出城」所遇所見、城鄉背景的人的不同心態，以及兩者互動下的各種有趣故事。

我們家從父母輩起就經歷了從大陸「出香港」，到「出九龍」、「出大港」，而又「入元朗」等過程。雖然今天的香港的城鄉差異已大大縮小，但我們這些鄉下長大的人，在城市化的大趨勢下，始終能保存那顆簡樸明淨的心。

從大陸「出香港」

很多香港的中、青年一代都自稱為「香港人」。這說法本身並沒甚麼不妥，我自己也會這樣做，因為是生長於香港之故。這大概跟生長於廣州而自稱為廣州人沒有甚麼不同。因此，我們的字典裏並沒有（從大陸）「出香港」一詞。同樣的原因，港英政府早年給市民發出的「回港證」，作為從大陸「回」港的憑證。後來，祖國從相反角度考慮，給港澳同胞發出赴中國內地的通行證，稱之為「港澳同胞回鄉證」，簡稱「回鄉證」，旨在讓大家不要忘記自己的「鄉」，而且這「鄉」字不能用「往」、「到」、「去」等動詞，雖然「歸」、「還」也可以，但「回」字最順當。回鄉證的出現，大概意在取代回港證，增強港澳同胞的歸屬感。事實上，香港人（華裔）哪怕祖先幾代都在香港，只要追溯一下，大家都來自祖國。大約在中共建國後，種種背景形成了「出香港」這個潮流和說法。「出」香港後要回大陸，官方用「回」字，口語則用「返」字（粵音唸陰平聲 fan1），早期有人理解為在港失敗而被迫「返」大陸，小時候就聽過「打贏食豬肉，打輸返大陸」的里巷歌詞。「返大陸」至少隱含從先進之地回到落後之鄉的意義。

父母親就是在那些背景下，在一九五八年「出香港」的。那是我們家族「出城」的第一步。當時叫作「逃亡」，可想而知當時那裏的境況如何，迫使人們逃亡。

父母出香港後，先是出九龍，然後出大港。居住在大城市的人看不起出城的鄉下人，這種態度，古今如一，連親戚兄弟也不例外。父母帶著當時只有兩歲的大哥，得通伯父資助了四十元，足以置辦日常所需用品。那時的四十元已是一大筆錢了，例如母親燙頭髮，稍微裝扮儀容，花了二元。父親永遠銘記兄長的這份恩情，至今仍不時向我們提起。不久，二人帶同孩子去投靠父親的堂兄昇伯父。他介紹父親幹體力活去。一天，晚了收工回來，那時昇伯父家已吃過晚飯。父親餓著肚子，又不好張嘴，昇伯父見狀即叫開飯，怎料伯娘說：「沒飯。」「沒飯就馬上煮呀！」兩口子快要吵起來之際，父親勸住，自己到街上買了麵包充飢。當時兩歲的大哥寄住他們家，被伯娘叫作「乞兒仔」。伯娘帶著大哥和堂姊上街，給堂姊買了新鞋，「乞兒仔」只有看和羨慕的份兒。父親覺得堂兄難做，很快便辭了工，一家三口離開了。

下一個出城的目的地是鯉魚門。那裏是當時造船業重鎮，有一家超記船廠，是同區規模最大的，聘用了幾十名工人。超記的老闆是父親的另一位堂兄超伯父，比昇伯父疏一服，但也在三服之內。二人見面時十分親熱，超伯父告知父親：「一定會安排一個職位給你。」怎料等了幾天還沒消息，再去問其下屬，還是等。父親手裏的那四十元實在再也等不起，也不想強人所難——雖然不知難在何處，只好禮貌地向堂兄告別。

再出城便是出香港。離開鯉魚門後，父親在友人介紹下到港島區幹苦力去。期間遇到有人欺負大陸剛出來的，幸好有鄉里照料。那鄉里叫喪炳，是黑幫大佬，據說當年雄霸灣仔一帶。某次偶然聽到父親與工友們用鄉下話交談，知道他受了委屈，激動地對父親說：「原來是同鄉兄弟！如果以後有人欺負你，告訴他，你是我喪炳的兄弟，保證再沒人欺負你。」父親唯唯，但心裏盤算著：有人撐腰雖好，但處處仰人鼻息，倚仗黑勢力，活著不自在。沒多久，便回到流浮山，自建家園去了。

24 號巴士

流浮山公路在一九六一年開通。一九五八年父母怎樣從此地出城，無從稽考。我想像：應該是帶著母親和一歲多的大哥，背著簡單的行囊，一同步行至元朗，然後乘坐 16 號巴士出九龍闖天下去。

24 號巴士行走后海灣至元朗。它的營運也必定在一九六一年公路開通之後。我還隱約記得那巴士的形貌：它只有一扇門，上下車都用它。頗長時間才來一趟車，故一般都頗擁擠。上車後即見到售票員斜背著布製的包，手裏拿著嘀嗒發響的打票機，乘客付了車資才打給一張票。下車時，售票員要檢查乘客的票才讓下車。我們小孩子免費，每次看著父母買票，嘀嗒的打票機聲和售票員的音容，那情景至今仍然清晰。

元朗是我們村裏人出城的目的地。我們的日用品、食品、衣服、家禽等都經由這條流浮山公路運來。公路開通前是黃泥路，父親騎著單車，後面坐著母親，一同顛簸到元朗購物。更多的時候是母親與同村的婦女，各自挑著兩個籃子步行至元朗。一般都是趁著每月的初一和十五墟期去，那購物活動叫「趁墟」。目的地是元朗的雞地，其位置在今日的新元朗中心一帶。每至墟期，各家小販都把漁農產品雜貨拿去賣，十分熱鬧。對於我們村裏人來說，這就是出城。

出城購物是個重大行程。這主要是由於交通不便和車費昂貴，因此每次出城都必定滿載而歸。擔竿和單車運來的，和後來巴士運來的物資，成為了村裏的活泉水，不但讓我們穿暖、吃飽，也帶來了物質和精神文明，為村裏提供素養，滋養著這個小村，助它成長發展。

16號巴士

六十年代從元朗出城的唯一巴士線是16號。它行走於元朗與佐敦道碼頭之間，至一九七三年才改為50號。巴士從元朗出發，途經青山道，沿著彎曲的海岸線，經由青山灣（十九咪半），九曲十三彎，到汀九（十一咪）、荃灣（八咪半）、荔枝角、大角咀等，到終點站行程快要兩小時。從這些以「咪」（英文mile的音譯）標示的地名，便知道它們與市區的距離。我在孩提時代就曾踏上過這個征程。

一九六九年堂姊麗姐結婚，闔府統請。麗姐也是隻身從鄉下出香港，交了男友，即後來的堂姐夫東哥。由於女方在港最親的就是六叔即我父親，只好不遠千里請他和母親當主婚人。那次遠征，行程三日兩夜。雙方提前約好在佐敦道碼頭見——雖然不知道用甚麼方法約。那天我們起了個大早，坐 24 號巴士到元朗，已嘔吐得落花流水，暈眩得天旋地轉；但又不能中途折返，只好由母親領著二哥，父親抱著我，上了 16 號巴士，一路睡覺，安然到達。

東哥和麗姐在佐敦道碼頭不知等了多久才把我們接上。一起乘小輪過海，再坐車，到了大坑道的虎豹別墅遊覽。我們本來已舟車勞頓，累得半死；一見到眼前如此景致，馬上又活過來了，四處亂跑。那裏有很多雕塑，大都是神話故事人物如八仙、孫悟空、觀音大士等，也有大龜、青蛙、老虎、金龍等，也有水池、草坪、涼亭、尖塔等，裝飾華美典雅，目不暇給。不止我們興奮，向來醉心於傳統民間故事的父親更是雀躍出神。東哥帶了照相機，所拍的照片留存至今，父親不時還拿出來回味，沉湎於半世紀前的青蔥歲月和甜蜜記憶裏。

那天晚上我們一家六口租住了旅館房間。對首次出城的我們來說，那可是新鮮事：見到彈簧牀褥——我們叫作彈弓牀，我和大哥二哥只管在上面不停地跳，忘掉了一天的疲累。想不到有這樣好玩的牀，因為家裏睡的是由三、四塊二十至三十釐米寬的木板拼合而成的硬牀，經常一轉身便被牀板之間的夾縫夾傷後背的肉。那天晚上玩跳彈牀到半夜才睡，累壞了，睡到翌日中午仍不願起身。

翌日的婚禮和婚宴，倒是沒甚麼好玩。見到了昇伯父、超伯父等一大羣城裏人，我們低著頭，父母叫我們叫人便叫，也不敢多看一眼，更不敢說話。由於前一天玩得太疲累，沒等到飲宴開席，我早已撐不下去，嚷著要睡。那張結婚大合照中，我坐在前排地上，不斷打瞌睡。當晚我是被抱回旅館去的。

第三天早上回程。又是折騰了大半天才回到家。

此後我們甚少出城。因為太費勁，活動範圍還是局限在元朗，而且主要是父母前往購物，解決衣食住行。但偶然也會出九龍。那次大家把我甩下，趁我上學去，父母帶著大姊、大哥、二哥和四弟去九龍看《七十二家房客》。我放學回來，家裏空無一人，他們回來方知就裏，生了好幾天的氣。

除了出九龍、香港，還有去澳門。那更是遙遠，因為要過海兩次：由佐敦道碼頭到港島的港澳碼頭，再坐飛翼船去澳門。那是成人的玩意兒，因為我們不能進賭場和賽狗場（據說後來還增加了賽馬車場），但手抱的孩子可以，所以四弟反而去過，而我們一直都只能渴望。每次父母帶著四弟回來時都帶些杏仁餅和豬油糕給我們，算是補償。吃完了，那鐵製的餅罐用來裝東西，最常用是掛在蠔檔頭頂上裝賣蠔賺來的錢。

那 16 號巴士帶我們見識了城裏的事物。我們乘坐它去過荔園、大大公司、普慶戲院、廟街等，而香港節、工展會等的花車巡遊和展銷活動，因為主要是晚上進行，所以只是一直嚮往。這條巴士線雖然很少坐，但畢竟是我們出城的唯一交通工具。

大鄉里出城

這些巴士、小輪打破了我們小村與外界的隔閡。它們不止是物質供應渠道，更有開拓視界、培養文化和刺激心志之功。

小學旅行和出城活動可說是拓闊視野的一步。小學的旅行活動由校方統一籌辦，不像中學每一班都可以投票決定去哪裏。記得中學時有同學提議去「巴別橋」，有些同學知道是甚麼意思，而不知道的佔大多數。我是不知道的一個，但又不敢問，怕被人笑。終於有人沒忍住發問，方知那不是一座橋，也不是地名，而是英文 barbecue 的讀音，意謂去燒烤。知道後場面十分尷尬；這正是鄉下仔見識和眼界的如實反映。小學時的旅行地點如選在新界則還可以，不管是不是「巴別橋」；如選在城裏就頗為緊張。記得那時去過兵頭花園（又稱動植物公園，Hong Kong Zoological and Botanical Gardens），也許「兵頭」就是 Botanical 的音譯？此外，還去過太平山老襯亭等；還有那時剛開張的海洋公園。旅途上要穿過鬧市，大家都趴著車窗看城裏的高樓大廈、寬闊馬路、雙層巴士等新奇景致。幸好在車上不用與人交往，被文明的城市人觀看和取笑。到了目的地，一下車便彷彿被城市人的目光圍攻，只管低頭跟大隊前行。好在遊覽的地方人不多，而且周圍都是同學，這才慢慢放鬆，肆意去玩。

可是有一次就躲不過。我們流浮山公立小學與港島的英華女子中學竟是姊妹學校。畢業那年全體同學一同出城，坐著旅遊巴長途跋涉去到位於羅便臣道的英華女校去參加典禮。那次除了興奮，更多的是緊張，生怕走錯一步，做錯一個動作，引來全場注視和訕笑。在禮堂列隊上臺，在飯堂被大姐姐招待午餐，一直都不敢抬頭多看一眼，連「謝謝」也不敢說，只管悶頭吃飯。後來回想，那些英華的師生們心裏指不定該怎樣看我們這班有趣的鄉下仔、鄉下妹呢。活動完了，再上旅遊巴，坐下來，總算放下大石。回程路上又是隔著車窗觀覽城中風景。

我們稍長大便能自己出城去。小學時跟海鮮車去荃灣賣蠔，晚上自己坐小巴回家。後來跟同村孩子一起到凱聲、海運戲院看《星球大戰》、《奪寶奇兵》，音響和視覺效果都較元朗戲院和同樂戲院高級。也曾跟小寶等到美麗華酒店，用盡那年的利是錢，去吃一頓西式自助餐。到後來自己出九龍上學去等等，坐的全是巴士——那時已有50號和68號。

時代進步了，但我們那鄉下仔出城的形象和心態一直沒變。當初父母從大陸出城，除了為了不捱餓，也要尋求更美好的生活。可是出城打拼不久，又回到窮鄉裏去。巴士路線的開通，開出了一片新天地。父親常跟我們説倫文敘的故事，説他世代在鄉下，那是發不出人才的地方。這位文曲星托世的才子，經神仙安排，令小鬼假裝被倫父意外打死的同村人，父母為避官司，被冤枉，便決定連夜出走，遷居到廣州，後來倫文敘才得以高中狀元。這其中的原因其實是個活生生的心態寫照：鄉下人無論在見識眼界、心智發展和腦子運轉的靈活性都比城裏人低一等，鄉下人要高中，就必需先高攀城裏，務求與之平起平坐，方有基本資格參加比賽。父親自己不識字，知道不會中狀元，總把希望放在下一代，但我們那時出城的目的不是為了仕途，而是好奇和享樂。

那時在城裏逛，總有些自卑感。在街上總抬不起頭，話也不敢多說一句，總覺得周圍的眼光帶著鄙視，看不起我們這些鄉下仔。心裏也覺得城裏的孩子比我們聰明，腦筋比我們靈光，英文也比我們強，因為他們自小生活在城裏，見識廣博，自信心強。父母初來香港已一直處於這種心理狀態，也一直被城裏人鄙視和冷落。我們從流浮山到元朗也明顯覺得低人一等，對事物的好奇的表露，往往引來別人笑話：「鄉下仔，有甚麼大驚小怪的。」到後來從流浮山、元朗出九龍、香港，那種心理、視界的落差就更不得了。就像是做賊似的，城裏人的那些目光、神色，還沒接觸到，人家還沒對你怎樣，自己心裏早已怯懦三分。那時如果不是家裏指派去賣蠔和交蠔，如果不是同村的孩子們同行壯膽，我是決不會自己出城的，寧願一直躲在村裏不見人，因為出城就會出洋相。

小時候對於在魚欄碼頭所見的心態，可謂是五十步笑百步。那些漁民子弟乘舢舨上岸，腰間繫著葫蘆或空心塑膠球，光著腳，靈活地跳上正大街到處跑，賣完漁獲，再買生活必需品，搬到舢舨上，趁著潮水還沒退便急忙把舢舨駕回大船去，每天對著大海生活。父親說：他們是蜑家人，因居無定處，故稱「彈」（與「蜑」同音）；我們則是定家人。他們沒鞋穿，是朱洪武（即明太祖朱元璋）下的命令，因為當初朱落難時向漁民求救，只要人人喊一聲便能把從後追趕的元軍嚇跑，怎料漁船卻一一起錨急忙離去。朱登基後便下令禁止他們穿鞋，作為懲罰。我們見他們的模樣，既可笑，但更多是可憐。看著他們腰間的葫蘆，便心生憐憫，因為他們隨時會掉到水裏淹死。葫蘆這麼小，能救生嗎？只能作為辨認位置的浮標，不至於淹死後連屍首也找不到。聽他們滿口蜑家話，常惡意模仿取笑：「洗腳、上牀、裝香，然後行番上，買包清補涼……」「你姓張定係姓莊？」回看自己也好不了多少，多見樹木少見人，也是滿口鄉音，出城也不敢說話和活動，怕被人取笑。

鄉下人的自得

阿Q精神也好，甚麼也罷，我們鄉下出生長大的還是挺能自得其樂的。我想漁民子弟也是。這說不上甚麼夜郎自大，因為根本就沒甚麼可自以為「大」的。然而我們鄉下人純潔的心，正直的個性和簡樸的生活習慣，即使出城後，也不易被城裏的濁穢煩囂所污染。

出城當然有很多值得追求的東西。當初父母出香港，我們出城，懷著戰兢的心去觀察、學習。新生活新事物在城鄉巨大不同中激發了我們從落後向發達進發進取，惟恐自己一直落後。反觀一直處在優越地位的城裏人，他們怎麼會向較自己落後低級甚至愚昧的人看齊？把自己從高度文明拉下來？可知，居住在城裏的文明優裕生活的代價是：居住處空間狹小，空氣污濁。生活在其中不知不覺養成爭奪的意識習性，以求在有限空間中得到更多。為求生存，有人不擇手段，爾虞我詐。但這當然不是絕對的，哪兒都有好人和壞人，只是視界心胸寬狹之別，孕育著不同的個性和情感。因此我們出城，可説是進可攻退可守，回來後便是海闊天空，每日有無邊的美麗波瀾，蕩漾海中，洗滌心靈。

如今我們雖已搬出這小村莊多年，但慶幸它還保留著一些原貌和原味道。我可以經常回來感受回味一番。父親年邁，就更需要多回來，聆聽他細説他的故事，一起回顧從前他從大陸出香港的經歷，以及他帶著我們出城的片段，告訴他佐敦道碼頭和虎豹別墅的變遷，聽他講了數十年的倫文敘故事。

後記

當追憶的海灣深處的湧流形諸筆墨，它們便以種種的姿態跳躍、舞動著。它們化成了意象、敘事、辭藻、篇章、音韻，在寫作修訂和閱讀的一連串活動中，隨著思潮起伏，每一次藉文字重構意象，它們便如漣漪，如水氣、薄霧、雲霞在陽光下映現，瞬間便隨風散亂、消逝。當下一次重構時，它們復以不同形態出現，那海市蜃樓，曇花一現，不一會又幻化成虛無。如此周而復始，如海潮此起彼落，反覆不斷地沖刷著心靈。

撰寫本書的初稿伊始，我忽然發現自己在那回憶的茫茫思海上駕著家裏那條蠔船。那強勁的十八匹馬力，在嚨嚨聲中，迎著柔軟溫存的海風，逆濤而上，努力上溯那些早已消失的殘存片斷。那奮勇向前的船頭剪開的海面上，被驚嚇的魚兒在船的兩旁紛紛躍起，形成了連續不斷，又層層重疊的月牙形銀白色弧線，此起彼落，載浮載沉，目不暇給。啊，牠們是從前出海時常見的那些老朋友，每一條魚跳出水面的一剎，牽引著一絲記憶；牠們連綿不斷地跳，拼湊成一幅幅馬賽克圖景。可是，這些圖景隨著魚兒復入水中而消失，實在難以捉模，不可能見到一幅完整而定型的馬賽克。我越是使勁嘗試把牠們留住，牠們就越跳得快。船兒駛過魚羣後，那些馬賽克便散碎了，它們的部件又沉潛到海牀深處，彷彿在等待著這艘回憶之船再次到來，重新攪動沙泥，鼓動魚兒騰躍。因此這捕獵式的寫作，很大程度要依靠想像，這便是從素材蒐集、靈感的閃現，到意象構建和拼接(馬賽克)的過程。這一幅幅拼合而成的圖景把我帶回到昔日的天高地迴，沐浴於舊時后海灣美麗的陽光與海水之中。

那些初稿在繁忙的工作環境中寫成。其中一些篇章是在飛機上運筆的。機艙上幽暗狹窄的環境，伴奏的是嚨嚨的引擎聲，旅客的呼呼鼾聲，還有嬰兒的啼哭聲，形成了一個獨特的時空，讓我能馳騁宇宙，飛昇天際，俯視塵寰。更多的文稿是在工作桌上誕生的。把電腦屏幕暫時關上，拿起鋼筆，隨著嘎吱嘎吱的凌厲筆鋒，開發著源源不絕的靈感流泉，流向那夜幕下的海波中閃鑠不停的點點燐光，與那白日下穿梭於雲間海面的水鳥，構成這些愉悅人心的景象，滋潤著忙碌的教學、行政和科研生活。

文稿的修訂階段是閱讀式的意象活動。當手稿寫就，稿紙上的筆跡經過無數的塗抹、改動、剪貼；當文字輸入電腦後，更經歷了不厭其煩的增刪。每一筆的更改是新意象掩蓋了舊意象，新思維取代了舊思維。有大幅更替，也有次序改易，也有時、地、人、物的重置，移步換景，流轉更替，有新登場的，也有默然消失的。思海中這一浪接一浪的推進、攪擾、翻滾、奔騰，新浪拍擊著舊浪，觸岸而碎，撞出水花，飛騰天外。波濤的流淌迴旋，如走馬燈般展現著那些人物故事，看似實在，但一伸手攫取卻又從指間悄悄流逝。只有文稿定型後——要交稿的時候，那些波浪才能在那個時空中凝固成形。

當文本再被閱讀，波瀾又再泛起。它們將在閱讀者——包括我自己——的心中流湍、迴蕩，重現著那些面孔、景物，嬉笑怒罵，鬼哭神號，水警的鳴笛閃燈，喃嘸先生的超渡歌聲，魚欄打盤的叫賣聲和算盤聲，蠔場和岸邊山林的百鳥爭鳴，灰窰的濃煙混和著大氣中的霧靄。時而沉醉於海風輕拂，偶亦擔憂著性命之虞。遙望夜空，那數之不盡的繁星，那時刻變化的風向，那水波中閃爍的小眼睛……啊，原來我在計算著潮汐流水，是初一、十五？還是初八、廿三？今年的水肥不肥？蠔的收成如何？這些都是這個恆久不變地懷抱著我們的后海灣的賜贈。

生成此書的最大能源動力固然來自這故鄉給予的素材和靈感，此外實有賴初文社長黎漢傑先生的推動。如果沒有他的熱心促進，我也不會有此動力寫成此書，使得后海灣的波瀾化生成文字，重獲活力，再度泛灩、蕩漾和澎湃。

本書所收的其中兩篇文章先前在別處發表過，匯流於本集時作了一些修訂。兩篇文章的初始版發表詳情如下：

1.〈捕鳥記〉，載《香港浸會大學中文系系慶紀念文集（創作卷）》。香港：中華書局，2017年。頁207—210。

2.〈撞鬼〉，載《週末飲茶》第二冊。香港：初文出版社，2022年。頁148—156。

本書封面照片取自《元朗星報》一九七八年的某一期，由本書作者提供，稍經電腦編輯。照片所見是本書作者與母親、二哥在海旁工作時被偷拍的情景。由於該報早已停刊，無法得知準確期號及頁數，而攝影師的大名就更不得而知。謹此致謝。

本書封面的書名墨蹟，由本書作者複製趙孟頫（1254—1322）書法重新排版而成。

二〇二四年一月初稿，二月修訂

作者識於沙田寓所